COLLECTION FOLIO

Jens Christian Grøndahl

Les mains rouges

Traduit du danois
par Alain Gnaedig

Gallimard

Titre original :

RØDE HÆNDER

Jens Christian Grøndahl est né à Copenhague en 1959. Il a publié plus de dix romans et est unanimement considéré comme l'un des meilleurs écrivains de sa génération. *Piazza Bucarest* a été récompensé par le prix Jean Monnet de Littérature européenne 2007.

Je l'ai rencontrée un été à la fin des années soixante-dix, quand je travaillais à la Gare Centrale, au service de réservation des hôtels. Elle est arrivée un soir par le dernier train de Hambourg. J'ai deviné qu'elle avait pris ce train parce qu'elle tenait un sac plastique d'un grand magasin allemand. Elle faisait les cent pas, l'air nerveuse. J'ai cru qu'elle était allemande jusqu'à ce qu'elle s'approche du comptoir et m'adresse la parole. Ce soir-là, j'étais seul pour faire la fermeture. C'était la fin août, et le flot de touristes avait commencé à décroître. Il n'y avait presque personne dans le hall des arrivées et, perché sur mon tabouret, j'avais tout mon temps pour observer les rares silhouettes qui passaient devant mon poste de guet.

Elle devait avoir mon âge, ou peut-être un ou deux ans de moins que moi, elle était dégingandée, les cheveux châtains en bataille et le visage anguleux. Elle avait une cicatrice sur la joue droite, au coin des lèvres, elle n'en était pas moins belle, d'ailleurs, cette cicatrice ne faisait que le souligner. Son regard était direct, avec presque un air de défi, elle avait un sourire vif et de connivence, comme si elle voulait me montrer qu'elle savait fort bien quelque chose dont je n'étais pas moi-même pleinement conscient. J'ai été surpris qu'une jeune Danoise qui venait d'arriver par le train de Hambourg ait besoin d'une chambre d'hôtel.

Le comptoir n'existe plus. Il était situé au milieu du hall des arrivées, un pavillon de bois vernis avec des fenêtres au châssis en cuivre que l'on relevait. Seuls des étudiants comme moi faisaient tourner cette petite entreprise. Nous servions chacun une file de touristes, séparés par des guide-files tels qu'on en trouve à l'entrée des stades ou de Tivoli. Le travail consistait à appeler les hôtels ou les particuliers qui louaient des chambres, et à remettre une carte sur laquelle une croix indiquait l'endroit où devait se rendre le touriste. Les hôtels et les particuliers étaient classés dans un fichier selon les catégories de prix et la situation. Au fil des mois, j'avais l'impression de connaître les réceptionnistes de tous les petits hôtels autour de la Gare Centrale, même si j'ignorais leurs noms et n'avais jamais vu leurs visages.

Elle m'a adressé un sourire plein d'indulgence quand je lui ai tendu un plan de la ville en voulant tracer une croix afin d'indiquer l'emplacement de son hôtel. Bien entendu, elle connaissait le chemin. Je l'ai suivie du regard quand elle s'est éloignée avec son sac plastique et une grosse valise. Elle portait un t-shirt et un pantalon militaire trop ample qui venait d'un surplus. Peu après, elle est revenue à mon comptoir. Elle m'a demandé si je savais où était la consigne. Je me suis penché et j'ai pointé le doigt.

Lorsqu'elle est repartie, j'ai fermé le comptoir et baissé le store. Alors que je venais de ranger la caisse et d'éteindre la lumière, j'ai entendu que l'on toquait doucement à la porte vitrée. J'ai relevé le store et j'ai croisé son regard direct. Elle n'avait pas de monnaie danoise. Pouvais-je lui changer vingt marks ? J'ai fouillé dans mes poches, mais je n'avais pas l'équivalent du billet qu'elle tenait. Elle a voulu que je le prenne malgré tout, en échange de mes pièces. Je les lui ai données, en lui déclarant qu'elle pouvait garder son billet. Elle est restée là tandis que je fermais la porte à clef. Nous avons marché dans la même direction, puis elle s'est dirigée vers la consigne. J'avais déjà poursuivi mon chemin quand elle m'a interpellé :

« Merci ! Au fait, comment t'appelles-tu ? »

Je lui ai dit mon nom. Elle est restée un instant sans un mot, une jeune inconnue dans le hall désert.

« Je peux te demander quelque chose ? » a-t-elle ajouté.

J'ai souri en haussant les épaules, j'ai fait

quelques pas vers elle. Elle est allée vers la consigne. Elle a sorti un autre sac plastique de sa valise, l'a déposé dans un casier, elle a introduit des pièces, verrouillé le casier. Puis elle s'est tournée vers moi en me montrant la clef. Ça paraîtrait peut-être étrange, mais je lui rendrais un grand service en gardant la clef pour elle pendant un jour ou deux. Bien sûr, je pouvais refuser, mais je lui rendrais vraiment un fier service. Elle me dévisageait avec une expression sérieuse. J'ai songé à ce qu'elle venait de dire. Bien entendu, je pouvais refuser, c'était bizarre de le souligner. C'est vrai, nous ne nous connaissions pas du tout. Pourtant, j'ai dit oui, et son sourire m'a fait sentir que j'avais pris la bonne décision.

« Au fait, je m'appelle Randi, dit-elle.

— Je le sais bien. »

Elle m'a regardé d'un air interloqué. De toute évidence, elle avait oublié qu'elle venait de remplir une fiche pour réserver une chambre.

« C'est juste pour un jour ou deux », répéta-t-elle sans me lâcher des yeux.

Randi Petersen. À ce moment-là, je ne pouvais pas savoir que ce n'était pas son vrai nom. Dans mon esprit, il s'est fondu avec son visage anguleux tandis que je rentrais par le train de banlieue avec la clef de la consigne dans ma poche, étonné par moi-même.

Il s'est écoulé plus de deux jours. Chaque après-midi, chaque soir, j'étais à mon poste et j'attendais sa venue. Les autres employés se moquaient de moi quand je les interrogeais une énième fois pour savoir si une jeune fille du nom de Randi m'avait demandé.

Un après-midi, à la fin de mon travail, j'ai décidé d'aller à son hôtel. La chaleur estivale pesait sur la ville, le soleil perçait à travers la verrière de la gare en autant de cônes chargés de poussière qui faisaient ressembler les passants à des bancs de poissons exsangues. L'hôtel se trouvait dans une rue de traverse entre Halmtorvet et Istedgade. Le réceptionniste ne ressemblait pas à ce que je m'étais imaginé. J'ai reconnu sa voix, après toutes les conversations que nous avions eues au téléphone, et je me suis demandé s'il avait reconnu la mienne. Si c'était le cas, il n'en a rien laissé paraître.

Il a ouvert son épais registre où les noms de clients se suivaient dans des colonnes à côté de la date de leur arrivée et de celle de leur départ. Randi Petersen avait seulement passé une nuit à l'hôtel. Était-ce moi qui avais cherché à la joindre ? Il a vu qu'un message n'avait pas été transmis à la cliente, avec un numéro de téléphone en Allemagne de l'Ouest.

J'ai traîné en ville avant de prendre le train de banlieue. Peut-être espérais-je qu'un hasard pousserait le chemin de Randi à croiser le mien. Combien de fois n'ai-je pas emprunté le même itinéraire depuis ce jour ? C'est toujours moi, ce jeune homme qui allait par les rues de Copenhague, désorienté, une clef de consigne en poche, et j'en sais à peine plus sur lui que ce qu'il pouvait deviner sur celui que je suis aujourd'hui. Il m'est seulement possible d'entrer en contact avec lui en suivant le même trajet. La ville a moins changé que l'on pourrait le croire. Il y a ainsi des visages que l'on avait l'habitude de reconnaître dans la foule en arpentant les rues du centre, et que l'on ne voit plus depuis des années. On se souvient à peine d'eux et j'ai moi-même du mal à discerner mon prédécesseur dans les rues de Copenhague, un soir d'août, dans les années soixante-dix. Seules les rues sont identiques, et les résidents les reconnaîtront longtemps après qu'ils auront oublié les visages.

Les événements dont je vais parler se sont passés avant que ma vie ne prenne forme. Elle pouvait encore partir dans toutes les directions, comme lorsque l'on erre au hasard, par un soir d'été. On est jeune, on se dit que tout est possible, même s'il n'arrive pas grand-chose pour autant. On est encore seul face à l'existence, détaché, parce que la vie ne s'est pas encore intéressée à nous, parce que nous n'y avons pas encore apposé nos marques. On peut même avoir l'impression d'être un intrus, un importun. La liberté a le goût amer du fruit vert tandis que l'on prolonge son errance à travers la ville assez longtemps pour la voir se vider des gens qui rentrent chez eux.

Je ne connaissais pas encore beaucoup de monde, et j'étais très seul. J'avais quitté la maison l'année précédente et je louais deux pièces chez des amis des parents d'une fille avec qui j'étais sorti. Elle m'avait pour ainsi dire laissé là, à l'étage d'une maison de Klampenborg, près de l'hippodrome. Le dimanche, sur la terrasse du toit, j'entendais les voix énervées dans les haut-parleurs qui scandaient les noms des chevaux dans une litanie enfiévrée : Indian Rose, Dark Ruby, Thunderboy...

Il restait encore deux semaines avant le début des cours et, quand je n'étais pas au travail, je passais mon temps à lire, à fumer et à paresser au soleil. Je pensais souvent à Randi, l'inconnue. La clef de la consigne dans ma poche me faisait penser à elle quand je prenais le train pour gagner le centre-ville. J'avais parfois l'impression que c'était la ville qui me la dissimulait dans son dédale de rues, et non que c'était elle qui restait cachée. Cependant, qui disait qu'elle se cachait ? Il lui était peut-être arrivé quelque chose. Dans ce cas, pourquoi n'envoyait-elle pas quelqu'un à la gare pour récupérer la clef et vider la consigne ? S'il n'y avait pas eu la clef, j'aurais cru que j'avais rêvé.

Je ne l'ai d'abord pas reconnue lorsque, un après-midi, elle a pris sa place dans la file de touristes devant le comptoir de réservation. Elle avait attaché ses cheveux en une queue-decheval, mis du rouge à lèvres et portait un tailleur à carreaux en laine, même s'il faisait encore chaud. On aurait dit un déguisement et, avec ses talons hauts, ses pas manquaient un peu d'assurance. Je me suis mis à transpirer en m'occupant des touristes qui la précédaient, mais quand cela a été son tour, j'ai vu qu'elle aussi transpirait.

Elle m'a demandé quand je terminais ma journée. Elle s'exprimait comme si nous nous connaissions depuis longtemps. Elle a dit qu'elle allait m'attendre au restaurant de la gare.

« Tu viendras, n'est-ce pas ? »

Il y avait de l'inquiétude dans le ton insistant de sa voix.

Quand je suis entré dans le restaurant, elle était assise à une table dans un coin. Elle n'avait pas touché aux deux sandwiches dans son assiette, en revanche, à en juger par le cendrier, j'ai vu qu'elle en était à sa quatrième cigarette. Elle fumait des cigarettes allemandes sans filtre, je me souviens encore du paquet rouge et de la manière dont elle ôtait le tabac de sa lèvre inférieure, avec un ongle verni. Je ne connaissais personne qui se mettait du vernis à ongles, ce n'était pas à la mode ces années-là. Elle soufflait la fumée par le coin des lèvres afin de ne pas m'indisposer, et je me rappelle que, pendant un instant, un je-ne-sais-quoi de vulgaire est passé sur ses traits. J'ai posé la clef entre nous, sur la table. Elle a hésité avant de s'en saisir, puis elle m'a dévisagé.

« J'ai besoin de ton aide.

— Comment ça ?

— J'ai besoin d'un endroit où je puisse rester quelques jours. Ensuite, je disparaîtrai. »

Aujourd'hui, mon geste ne manque pas de me surprendre, mais à l'époque cela ne m'a pas paru étrange de dire oui sans tergiverser. Elle a commencé à se détendre après Nordhavn Station, mais elle n'a pas dit grand-chose durant le trajet. C'était bizarre d'être en face d'elle dans le wagon et d'emprunter avec elle cette ligne que j'utilisais chaque jour. Mes proprios ne nous ont pas vus quand nous sommes passés dans l'entrée avant de grimper l'escalier. Nul ne savait que nous nous étions rencontrés et que nous étions ensemble à ce moment précis.

Randi a eu l'air satisfaite par son logement temporaire. Elle était sur la terrasse pendant que je refaisais mon lit avec des draps propres et que j'arrangeais le canapé pour moi. Je suis sorti la rejoindre. Le soleil venait de se coucher et, tandis que nous contemplions le ciel au-dessus des maisons blanches et du Sund, je me suis soudain demandé ce que j'allais faire d'elle, sans parler de moi-même d'ailleurs. J'ai proposé d'aller faire un tour à Bakken, au parc d'attractions.

Je n'y avais pas mis les pieds depuis des années, même après avoir déménagé à Klampenborg, si ce n'est deux ou trois dimanches, l'hiver précédent. Quand le temps était clément, je m'étais promené dans Dyrehaven, le jardin zoologique, et il m'était arrivé de faire un détour dans les rues aux attractions closes. Les décors bariolés et les lampes éteintes avaient eu l'air déplacés sous la lueur crue du soleil hivernal, et la carcasse des poutrelles des montagnes russes formait ainsi un labyrinthe d'ombres où les pensées pouvaient aisément s'égarer. Mais, ce jour-là, que d'éclairs clignotants, que de tintamarre au bout de l'allée qui menait de la gare à travers la lisière de la forêt. Nous avons mangé des hot-dogs et nous sommes montés dans les autos tamponneuses. Dans son tailleur à carreaux, elle ressemblait à une princesse en goguette, excitée par les lumières, la musique tapageuse et l'odeur de caoutchouc surchauffé.

Nous avons pris une bière pression sous une tente. Je lui ai dit que j'étais allé à l'hôtel où elle était descendue, et qu'il y avait un message pour elle, laissé par quelqu'un qui avait appelé d'Allemagne. Elle n'a pas répondu. Manifestement, elle n'avait aucune envie de me parler d'elle, et j'ai été déçu qu'elle ne me fasse pas confiance. Nous avons parlé ciné et musique, de ces sujets dont on discute quand on ne sait pas encore si l'on a des choses en commun. Elle racontait un film après l'autre, dans le seul but d'entretenir la conversation. La cicatrice au coin droit de ses lèvres remuait un peu lorsqu'elle parlait ou souriait et, dans ma légère ébriété, j'ai failli tendre la main et lui caresser la joue.

Le lendemain matin, lorsque je me suis réveillé, j'ai d'abord eu du mal à comprendre ce que je faisais sur le canapé dans la pièce à côté de ma chambre. Elle dormait encore quand je me suis préparé pour partir au travail. J'ai entrouvert la porte. Un de ses pieds dépassait de ma couette. L'après-midi, à mon retour, nous sommes descendus jusqu'à Bellevue. Il restait seulement quelques baigneurs sur la plage. Nous nous sommes allongés sous les arbres, nous avons discuté, fumé des cigarettes tout en contemplant les voiles blanches des bateaux de plaisance.

Elle était originaire d'une petite ville du Vestjylland, une de ces bourgades sans histoires qui se recroquevillent sous le vent d'ouest, reliées par des routes sinueuses et désertes dans le paysage plat. Elle avait seulement deux ans quand ses parents avaient divorcé. Ensuite elle n'avait guère vu son père et, peu à peu, elle avait presque oublié à quoi il ressemblait. À sa connaissance, elle avait une demi-sœur et un demi-frère, mais elle ne les avait jamais rencontrés. Quand elle avait eu seize ans, elle et sa mère avaient déménagé à Copenhague. Elles avaient habité dans un petit appartement du quartier de Nordvest, sa mère travaillait à l'usine.

Randi avait été heureuse de venir à la capitale, mais elle avait eu du mal à se faire de nouveaux amis. Peut-être avait-elle trop pris l'habitude de rester seule dans son coin et de courber le dos sous le vent. Sa mère s'était remariée, et elles avaient emménagé dans la villa de cet homme, dans la banlieue sud. Il possédait une quincaillerie et il avait toujours un épais calepin dans sa poche de derrière. Randi n'avait jamais vu autant d'appareils électriques chez quelqu'un. La maison était tellement grande qu'il avait installé des interphones, comme s'il craignait qu'ils ne puissent communiquer. Il lui avait payé son permis de conduire et, d'une manière générale, il s'était efforcé d'être amical avec elle. Cependant, elle ne se sentait pas à sa place au milieu des sièges en cuir du salon.

À la fin de sa scolarité, elle ne savait pas ce qu'elle allait faire. Sa mère lui avait proposé d'être apprentie chez un coiffeur pour dames et lui avait trouvé un boulot d'assistante dans un salon. Mais elle s'était ennuyée à laver les cheveux des gens toute la journée. Elle avait pris les emplois qui se présentaient, du ménage dans une maison de retraite, le service dans une cantine. Même en se creusant la tête, elle ne voyait pas ce qu'elle aurait vraiment eu envie de faire, sur la durée, parmi toutes les possibilités offertes. Pendant quelques mois, elle était sortie avec un garçon un peu plus âgé qui était apprenti-charpentier et qui avait une voiture, mais cela n'avait pas marché. Sa mère s'inquiétait pour elle et son beau-père avait essayé de lui parler comme s'il la comprenait. Comme s'il y avait quelque chose à comprendre.

Une de ses amies avait été sur le point de partir pour Francfort, où elle devait travailler un an comme jeune fille au pair. Mais cette dernière était tombée amoureuse d'un gars et n'avait plus souhaité partir. Et Randi avait pris sa place. Au début, cela avait été assez agréable et elle commençait à bien parler allemand, mais elle avait fini par s'ennuyer à garder les enfants et à faire la cuisine. Elle n'en a guère dit plus et s'est montrée évasive quand je lui ai posé des questions supplémentaires sur son séjour en Allemagne. On aurait dit qu'elle regrettait de s'être mise à parler. D'un autre côté, elle donnait l'impression d'être quelqu'un qui n'a pas parlé de soi depuis longtemps.

Elle m'a demandé ce que j'étudiais. Pendant que je le lui expliquais, elle a affiché ce sourire particulier, comme si elle savait d'avance ce que j'allais dire. Même si j'avais deux ans de plus qu'elle, elle avait l'air plus mûre, et son sourire me donnait presque le sentiment d'être un gamin.

Le lendemain soir, quand je suis rentré, elle était sur la terrasse à profiter des derniers rayons du soleil, seulement vêtue de sa culotte et du t-shirt dans lequel elle avait dormi. À croire qu'elle n'était pas sortie de la journée. Je lui ai demandé si elle avait faim, elle a fait oui de la tête. Je lui ai dit que j'allais faire quelques courses. Il faisait chaud, ma chemise était trempée de sueur, et je suis passé dans la chambre pour en changer. Sa valise était posée sur le lit, la moitié de son contenu était vidé sur la couette et j'ai aperçu son passeport entre ses sous-vêtements et quelques livres en allemand. Je n'ai pas pu me retenir d'y jeter un coup d'œil. Elle avait les cheveux plus courts sur la photo et paraissait plus âgée. Sonja Evers.

Peut-être m'a-t-elle vu, peut-être n'ai-je pas reposé le passeport exactement à l'endroit où je l'avais trouvé. Je ne sais pas. Peut-être cela n'avait-il rien à voir avec le passeport mais, quand je suis rentré des courses, elle avait disparu. Elle avait emporté ses affaires et n'avait laissé d'autre trace que la légère odeur d'un corps étranger sur ma couette. J'ai tout de suite su que je n'entendrais plus parler d'elle, pourtant, j'ai couru jusqu'à la gare. À l'instant où je suis arrivé sur le quai, j'ai vu démarrer un train de banlieue, et je n'ai pu m'empêcher de penser qu'elle se trouvait dans un des wagons qui glissaient sur les rails, en route vers le centre-ville.

Je suis descendu à la plage. Les baigneurs avaient ramassé leurs affaires. Le train qui venait de partir était certainement rempli de bouées dégonflées et d'enfants aux cheveux pleins de sable. Je me suis assis sous le petit poste de surveillance blanc des sauveteurs. Au loin, dans le soleil rasant, j'ai discerné le ferry pour Oslo qui faisait route vers le nord. Peu m'importait qu'elle s'appelle Randi ou Sonja, et je me suis reproché de l'avoir fait fuir de mon existence.

Rentré chez moi, j'ai trouvé la clef de la consigne sur le rebord de la fenêtre, dans la chambre. L'avait-elle oubliée ou laissée délibérément? J'avais de nouveau la petite clef dans ma poche de pantalon quand, pour la troisième fois de la journée, le train est passé près des voies de triage de Svanemøllen, de la carcasse en brique de la centrale électrique et des cargos qui mouillaient dans le Nordhavn.

J'ai évité le comptoir où, comme d'habitude, les touristes étaient penchés devant les guichets. Je ne voulais pas que mes collègues me voient et se demandent ce que je faisais là alors que ma journée était terminée depuis longtemps. L'heure de pointe était passée et l'on croisait surtout dans le hall des touristes arrivés par les derniers trains, des drogués avec leurs chiens couverts de poussière et des groupes de travailleurs immigrés moustachus qui se retrouvaient pour discuter.

J'ai hésité avant d'introduire la clef dans la serrure de la consigne. Ce qu'elle avait laissé dans un sac plastique d'un grand magasin allemand ne me regardait pas, et je n'aurais pas dû ouvrir ce casier. Le sac était plein aux trois quarts de billets de banque neufs, des liasses égales de marks avec leur bandeau. On dit que l'argent n'a pas d'odeur, ce n'est pas vrai. Les billets craquants neufs sentent encore l'encre d'imprimerie et le papier. J'étais seul près des consignes et, apparemment, personne ne m'avait vu. J'ai noué le sac plastique et je l'ai remis dans la consigne. J'ai pris une pièce et j'ai verrouillé le casier.

Le bureau de poste de la gare était encore ouvert. J'ai acheté une enveloppe matelassée. J'y ai mis la clef et, à l'instant où j'ai introduit l'attache parisienne dans le trou de l'enveloppe afin de la sceller, j'ai pensé que j'avais laissé mes empreintes sur la clef où était gravé le numéro du casier de la consigne. Quelle importance ? Mes empreintes digitales ne se trouvaient dans aucun fichier, et qui aurait l'idée de venir chez moi, dans la chambre que je louais à Klampenborg, pour me demander d'appuyer mon pouce sur un tampon encreur afin de les comparer ?

Je me suis promené dans les rues pour tuer le temps. Le poste de police de la gare fermait à minuit, il n'était pas encore dix heures. J'ai songé à faire un tour à Tivoli, mais j'ai renoncé en voyant la queue devant les portiques et les silhouettes en vêtements d'été sous les ampoules bariolées des arbres. J'entendais encore les cris des montagnes russes quand j'ai franchi le Tietgensbro, en jetant un coup d'œil sur la voie ferrée. J'ai longé Kødbyen en direction de Halmstorvet en évitant de regarder les filles tristes aux cuisses pâles qui attendaient les clients, alignées sur le trottoir. Je suis passé devant le petit hôtel où Sonja était restée une nuit. Sonja ou Randi, peu importait son nom. J'ai entraperçu le réceptionniste, mais il ne m'a pas vu.

J'ai dîné dans un grill chinois, l'enveloppe matelassée était posée à côté de mon assiette de rouleaux de printemps, et j'ai fait attention de ne pas y laisser de taches de gras, comme si cela faisait la moindre différence. Dans une petite heure, j'allais retourner une fois encore dans le hall des arrivées, jusqu'au poste de police. Entretemps, le rideau aurait été baissé devant la porte vitrée. J'allais glisser l'enveloppe dans la boîte aux lettres, en bas, et j'allais essayer de chasser de mon esprit Sonja, son sourire en coin et son sac bourré de marks.

Cela ne me concernait pas et je n'avais aucune raison de me casser la tête. Cela aurait très bien pu être n'importe lequel de mes collègues qui travaillait ce soir-là, quand elle est descendue du train de Hambourg avant de se rendre au comptoir de réservation comme n'importe quel voyageur.

Quinze ans plus tard, la femme qui était alors mon épouse m'avait téléphoné au bureau pour me rappeler que nous étions invités à dîner ce soir-là. Elle m'avait demandé si j'aurais le temps d'acheter un bouquet de fleurs pour notre hôte avant de rentrer à la maison. Il faisait déjà presque nuit et je me dépêchais de regagner ma voiture, un bouquet de fleurs à la main. Lorsque je suis passé devant la poissonnerie de Højbro Plads, mon regard s'est posé sur une des clientes qui patientaient devant l'étal réfrigéré avec ses poissons et ses crustacés. J'ai immédiatement reconnu le visage anguleux et la cicatrice au coin des lèvres et je me suis arrêté quand le petit poissonnier corpulent s'est tourné vers elle, avec un air arrogant. Elle avait désormais les cheveux noirs. Elle avait dû les teindre. À part cela, elle n'avait presque pas changé.

Je me suis écarté de la devanture éclairée pendant qu'on lui tendait sa monnaie et son sac. Elle a remonté Strøget vers Kongens Nytorv et s'est placée dans la file qui attendait le bus devant le Kongelige Teater. Il y avait beaucoup de monde qui montait dans ce bus, et elle n'a pas fait attention à moi. Je suis resté debout à l'arrière, d'où je voyais son cou et ses épaules. La plupart des passagers sont descendus à Østerport Station, mais pas elle, et je me suis assis deux rangées derrière elle. C'est seulement lorsque nous avons quitté le centre-ville que je me suis rendu compte que j'y avais laissé ma voiture.

Elle est descendue à l'arrêt de Strandvejen, à Hellerup, et elle s'est engagée dans une rue bordée de villas et de grands arbres. Je la perdais de vue dans les intervalles obscurs entre deux lampadaires, puis le dos de son manteau clair ressurgissait. Mais, soudain, elle a disparu. J'ai entendu claquer une porte au bout de l'allée d'un jardin et j'ai mémorisé le numéro de la maison, même si je n'étais pas certain qu'elle s'était bien éclipsée derrière cette porte. C'était une villa du début du siècle, une baraque morne couverte de lierre, en retrait de la rue. C'était assez drôle, car elle habitait seulement à un quart d'heure en voiture de ma propre maison.

Je suis retourné à Strandvejen avec mon bouquet de fleurs et je me suis mis à attendre un taxi. Je me demandais comment j'allais expliquer à ma femme que j'avais laissé la voiture en ville. Et je me demandais aussi pourquoi je m'étais fourvoyé ainsi. Ce n'était pas parce qu'il ne s'était pas passé un jour sans que je pense à la mystérieuse jeune fille à la cicatrice au coin des lèvres, mais parce que toutes ces vieilles questions restées sans réponse me revenaient brusquement à l'esprit. Elles auraient dû rejoindre depuis longtemps le lot de ces énigmes sans importance dont on se débarrasse avec le temps, parce que l'on comprend que l'on ne parviendra jamais à tout savoir. Je me suis souvenu du soulagement éprouvé lorsque j'avais glissé l'enveloppe anonyme dans la boîte aux lettres du poste de police de la Gare Centrale. Mais cela n'a servi à rien.

Le lendemain, j'ai vérifié l'adresse. La villa était habitée par un couple du nom de Sonja et Jacob Hertz. Je n'ai pas pu réfréner un sourire. Randi Petersen, Sonja Evers, Sonja Hertz... J'étais certain que c'était elle et, la semaine suivante, j'ai fait quelque chose que, à l'époque, je me suis bien gardé de raconter à quiconque. C'était un samedi matin, ma femme devait rendre visite à une amie plus jeune qui venait d'avoir un bébé. Nous n'avions pas d'enfants. C'était la seule chose qui manquait dans notre existence, la seule chose qui nous différenciait des familles autour de nous, qui comptaient toutes leurs deux enfants. Quand elle est partie, j'ai pris la voiture jusqu'à Hellerup et je me suis garé au coin de la rue où habitaient Sonja Hertz et son mari.

C'était stupide. Je n'avais aucune raison de

prendre contact avec elle. Je ne pouvais même pas dire que je l'avais connue. C'était la manière abrupte dont elle était passée dans ma vie qui me provoquait. Du moins, c'est ainsi que je justifiais mon geste.

Au bout d'une heure, ils sont sortis de la maison et sont montés dans leur voiture. Même si j'ai gardé mes distances, il m'a paru improbable qu'ils ne remarquent pas que je les suivais. Pourtant, de toute évidence, ils ne m'ont pas vu. Je me suis garé à l'autre extrémité du parking de la pépinière où ils se sont arrêtés. Leur distraction m'a fait relâcher ma prudence et je suis certain qu'elle m'a jeté un bref coup d'œil tandis que nous arpentions les plates-bandes. Toutefois, elle ne m'a visiblement pas plus reconnu cette fois-ci qu'à l'arrêt de bus devant Kongens Nytorv.

Ils sont restés longtemps devant les pivoines. Je n'entendais pas ce qu'ils disaient. Lui, c'était un homme d'allure banale d'une quarantaine d'années, comme moi. Elle portait seulement un pull, même s'il faisait frais, avec du vent. Avec ce pull à grosses côtes, elle ne faisait pas son âge. Le vent lui ramenait sans cesse sur le visage les cheveux qu'elle devait écarter de la main. Elle a souri à des paroles de son mari, et j'ai bien reconnu son sourire en coin.

J'ai attendu qu'ils soient repartis avant de regagner ma voiture. Je me sentais ridicule et honteux. J'étais allé à un endroit où je n'aurais pas dû aller, même si j'avais autant de bonnes raisons que quiconque de me rendre à une pépinière par un samedi d'avril. J'ai réussi à rentrer avant ma femme, et quand j'ai garé la voiture dans l'allée, j'ai eu l'impression de pénétrer chez quelqu'un d'autre. Je suis resté un moment devant notre maison, qui ne différait pas fondamentalement de celle de Sonja, et qui se trouvait presque dans le même secteur. Pendant un instant, je me suis dit que c'était un hasard, une simple contingence si ce n'était pas Sonja qui, dans une heure ou deux, allait garer sa voiture à côté de la mienne dans l'allée.

J'ai transporté une chaise longue dans le jardin, je m'y suis installé et j'ai contemplé notre maison. J'ai pensé que Sonja et moi, son mari et ma femme, nous avions sûrement habité dans des cadres identiques, avec les mêmes canapés blancs et les mêmes cuisines américaines. Sonja et son mari étaient certainement en train de planter les pivoines qu'ils venaient d'acheter dans le gros pot en terre italien que je l'avais vu mettre dans le coffre à côté des ballots de sphaigne.

J'ai réfléchi à ce qui s'était passé depuis la dernière fois que je l'avais vue. Deux kilomètres seulement nous séparaient de Klampenborg, aucun de nous ne s'était guère éloigné depuis ce jour, pourtant, il y avait un monde entre nous. Je n'avais pas à me plaindre, du reste je ne me plaignais pas. Cet après-midi-là, je suis resté à méditer sur tout cela, dans un coin du jardin, un peu comme si j'étais étranger à la situation. Mais cela ne m'a pas empêché de répondre spontanément au sourire de ma femme quand elle est venue sur la terrasse et m'a aperçu. Pourtant, lorsqu'elle a traversé la pelouse, j'ai eu un bref moment de flottement en prenant conscience que c'était bien elle.

Les jours suivants, le nom de Sonja Hertz n'a cessé de trotter dans mon esprit. Je me souvenais du sourire de conspiratrice que ses changements de nom n'avaient pu modifier. Une vague intuition, un sourire, on croit avoir compris... C'est tout ce que l'on a, et cela suffit. Revoir ainsi Sonja Hertz dans une pépinière de la banlieue nord de Copenhague m'avait rappelé une autre Sonja et je sentais que ce souvenir avait ouvert une fêlure d'où commençait à monter le parfum de quelque chose d'oublié.

Tôt, le lundi matin, j'étais de nouveau à mon poste, un peu en retrait de la maison où Sonja Hertz vivait avec son mari. Je l'ai vu monter dans leur voiture et partir. À un moment, une ombre est apparue à une fenêtre. Était-ce elle ? La silhouette a disparu peu après. Une demi-heure plus tard, elle est sortie à son tour. Elle est passée sur le trottoir d'en face et a pris le chemin opposé de celui du soir où je l'avais suivie.

J'ai tenté ma chance et j'ai pris Strandvejen en direction du centre-ville. Je suis parvenu à me garer dans une petite rue non loin d'un arrêt de bus juste avant l'arrivée du bus. L'heure de pointe était passée et le bus seulement à moitié plein, et j'aurais pu m'asseoir sur un siège isolé, mais j'ai choisi de m'installer sur le strapontin à côté d'elle. Elle a retiré le pan de son manteau pour me faire de la place avec un empressement qui semblait plutôt montrer de l'agacement. J'ai senti qu'elle me lançait un bref coup d'œil avant de détourner le regard sur la route derrière la vitre embuée.

J'ai humé le parfum qu'elle avait mis moins d'une heure plus tôt lorsqu'elle était sortie de la salle de bains dans la villa silencieuse, peut-être au moment précis où elle avait entendu son mari faire démarrer la voiture. Quand elle s'est tournée vers moi pour m'indiquer qu'elle allait descendre, nos regards se sont croisés pendant un instant. Je me suis levé pour la laisser passer et disparaître dans la foule de Kongens Nytorv, et j'ai fait l'inventaire des quelques éléments qui nous avaient jadis rapprochés de manière si fugace. Le service de réservation des hôtels à la Gare Centrale, le dernier train de Hambourg, une clef de consigne, la maison à Klampenborg et une soirée à Bakken.

Un matin, peu après, je me suis garé dans sa rue pour la troisième fois. J'avais quitté la maison à l'heure habituelle, mais j'avais appelé le bureau avec mon portable pour dire que j'étais malade. Une fois son mari parti, j'ai composé leur numéro. Quelques instants plus tard, une silhouette est apparue à la fenêtre, exactement comme le lundi précédent.

« Hertz.

— C'est toi, Sonja ?

— Qui est à l'appareil ?

— C'est toi, Sonja Evers ? Ou devrais-je dire Randi Petersen ? »

Le silence a duré quelques secondes, puis elle s'est éclairci la voix :

« Pourquoi n'as-tu rien dit ?

— Comment ça ?

— Dans le bus. J'ai tout d'abord cru qu'il s'agissait d'une coïncidence, l'autre jour, à la pépinière. Qu'est-ce que tu veux ?

— Je ne sais pas. Mais ne t'inquiète pas. C'était étrange de te revoir, voilà tout. Je t'ai aperçue un jour, en ville. Par hasard.

— En ville ?

— Oui, à Højbro Plads, à la poissonnerie. Je n'ai pas pu m'empêcher de me demander ce que tu étais devenue.

— Tu ne me connais pas.

— Tu crois que cela signifie quelque chose si quelqu'un s'approche toujours d'une fenêtre lorsqu'il téléphone ? »

Elle a raccroché. J'étais sur le point de partir quand elle est apparue sur le seuil de la maison. Elle a regardé autour d'elle, s'est approchée de la voiture à pas vifs et s'est assise à côté de moi.

« Vas-y, démarre. »

Elle n'a rien dit pendant que nous roulions vers la ville. J'ai supposé qu'elle ne voulait pas que les voisins la voient dans une voiture à l'arrêt, avec un inconnu. Dans les embouteillages, avec Sonja Hertz à mes côtés, j'ai eu l'impression que toutes ces années écoulées formaient une longue parenthèse. J'ai été frappé par le côté réglé de mon existence. Ma femme et moi pouvions savoir avec une assez grande précision où se trouvait l'autre à un moment donné de la journée.

« J'ai parfois pensé à toi au cours de toutes ces années. Pas souvent, mais parfois. Peut-être parce que tu as disparu avant que j'aie la possibilité de te connaître.

— C'est tant mieux pour toi.

— Tu peux me dire pourquoi ? »

Elle a regardé à la ronde. J'ai pensé aux liasses de marks entassées dans le sac plastique Karstadt.

« Trouve un endroit où nous pourrons parler.

— Quand ?

— Ce soir. »

Elle m'a demandé de la déposer à Kongens Nytorv. Dans la journée, j'ai réservé une chambre à l'hôtel même où je l'avais envoyée, quinze ans auparavant. Elle m'avait donné un numéro de téléphone où je pouvais la joindre. Elle a répondu de manière cassante quand j'ai appelé, comme si elle ne pouvait pas parler librement.

L'hôtel avait été rénové au point qu'on le

reconnaissait à peine. La fille derrière le comptoir m'a dit que ma femme était déjà arrivée. J'avais réservé une chambre à mon nom. La lumière n'était pas allumée. Elle était assise à la fenêtre, avec son manteau, elle fumait, un cendrier sur les genoux. Elle a levé les yeux, mais n'a pas bougé. J'ai posé mon manteau sur le lit et j'ai allumé la lampe de chevet du côté qui aurait été le mien si elle avait vraiment été ma femme.

« Je peux t'offrir quelque chose ? »

Ma question l'a fait sourire.

« Un whisky, merci. »

J'ai pris dans le minibar deux petites bouteilles dont j'ai dévissé les bouchons. J'ai servi les verres et elle a trinqué, de manière un peu appuyée, comme si elle voulait être ironique.

Elle avait raison, je ne la connaissais pas.

Nous ne nous connaissions pas, et je me suis demandé si, la quarantaine venue, cela ne présentait pas tous les airs d'un flirt convenu que de se retrouver ainsi dans une chambre d'hôtel en compagnie d'une inconnue. En la contemplant ainsi, face à moi, en train de siroter son verre, j'ai compris que j'avais toujours eu envie d'en savoir plus sur elle, d'être avec elle, même lorsque j'avais cessé de me demander ce qu'elle était devenue. Cela paraît étrange, mais c'est ainsi. Elle venait d'effleurer ma route comme un signe qui indiquait autre chose, quelque chose de tout à fait différent et qui, de toute évidence, était devenu de plus en plus attirant à mesure que les ans m'avaient éloigné de notre brève rencontre. Mais elle avait raison. Je ne la connaissais pas et c'est avec une inquiétude croissante que j'ai écouté ce qu'elle avait à raconter.

Dans la soirée, elle a dit qu'elle avait faim. J'ai trouvé non loin de l'hôtel un thaïlandais qui faisait des plats à emporter. Pendant que j'attendais ma commande, je me suis dit que je ne serais pas surpris qu'elle ne soit plus là quand je regagnerais la chambre. Mais elle était encore là. Était-il déjà trop tard à ses yeux pour qu'elle disparaisse sans laisser de trace? Nous nous sommes installés sur le lit, nous avons bu nos cannettes de bière, nous avons mangé avec nos baguettes, sans rien dire. Elle a souri quand j'ai pointé plusieurs fois le doigt sur ma joue droite, jusqu'à ce qu'elle comprenne mon geste et chasse le grain de riz qui s'était collé dans le sillon étroit formé par sa cicatrice, au coin de ses lèvres.

Francfort, été 1977. Son année comme jeune fille au pair était terminée et la famille chez qui elle travaillait était partie en vacances en Italie. Elle avait eu la permission de rester quelques jours avant de rentrer au Danemark et pris plaisir à disposer dc la maison pour elle seule. C'était une grande villa avec une piscine et un jardin vaste comme un parc abrité de la rue par une haie élevée. Elle savait que personne ne viendrait, même le jardinier était en congé, et elle a repoussé son départ. Elle passait ses journées à bronzer au bord de la piscine, nue comme un ver. Le soir, elle s'installait dans la chambre des parents pour regarder la télé. Elle n'avait besoin d'aller nulle part, la cave était remplie de conserves et de surgelés et elle était fascinée par l'idée que les propriétaires ignoraient qu'elle se trouvait encore chez eux.

Elle n'avait téléphoné à personne, mais, d'un autre côté, les gens qu'elle aurait pu appeler n'étaient guère nombreux. Son quotidien avait été régulier, inscrit dans des cercles prévisibles autour de la maison dans la banlieue chic, et cela l'avait plongée dans une sorte de torpeur inhabituelle. Curieusement, cela ne l'avait pas gênée d'être seule durant toutes ses heures de loisir. Les dimanches, elle avait fait de longues promenades le long du fleuve ou dans le centre-ville désert. Et les après-midi où il faisait trop chaud pour marcher, elle les avait passés au cinéma.

Elle ne savait expliquer ce qui l'avait ainsi fait hésiter et rester sur place au lieu de quitter la maison déserte, où elle n'avait plus rien à faire. Le silence et l'immobilité autour d'elle, liés à la chaleur et à la monotonie des jours, agissaient sur elle comme une anesthésie qui l'empêchait de se ressaisir et de faire sa valise. Elle pouvait rester longtemps sur une chaise longue à contempler les reflets transparents de la pelouse ensoleillée et les ombres des arbres dans les grandes baies vitrées. Elle parvenait à s'oublier presque totalement en observant les gouttes de sueur qui glissaient et s'évaporaient sur sa peau, les rides sur la piscine bleu azur et la pellicule presque invisible de poussière et de saletés qui avait commencé à s'accumuler à la surface de l'eau. Quand elle passait d'une pièce à l'autre, elle avait l'impression d'être un intrus entré par effraction. Elle ne parvenait pas à penser qu'elle avait vécu ici une année entière et, par moments, elle était à peine capable de se souvenir de la tête des propriétaires.

Oui, ils avaient été sympathiques et elle s'était montrée bien élevée et polie, mais elle en savait plus sur eux qu'ils n'en savaient sur elle. Ils l'avaient amenée à se sentir tel un espion qui observait leur vie, en secret, sous un masque de discrétion gentille et consciencieuse. Ils étaient fortunés, et cette richesse lui avait fait percevoir leur amabilité comme une façade empruntée. Quand ils discutaient après le dîner, si elle n'avait pas perçu la part des sous-entendus dans leurs échanges, elle aurait pu croire qu'ils oubliaient qu'elle était là et qu'elle entendait leurs paroles. Elle était bien présente sans être tout à fait là pour eux, et elle éprouvait une sorte de plaisir à faire comme si de rien n'était lorsqu'elle entrapercevait certains de leurs soucis ou de leurs manies.

Quand elle avait la tête lourde à force de rester au soleil, elle rentrait dans la maison et s'asseyait, toujours nue, sur un des canapés du salon. Elle regardait devant elle. Au milieu des meubles, la réalité devenait soudain tout autre que celle où elle avait passé un an. Elle caressait l'idée qu'elle était une jeune fille inconnue, aussi étrangère à elle-même qu'aux autres. Une fois, le téléphone avait sonné tandis qu'elle était ainsi, immobile, elle l'avait laissé sonner, troublée par l'idée de ne pas savoir qui appelait et par le fait que celui qui appelait devait croire la maison vide. Tandis que la sonnerie rompait le silence à intervalles réguliers, elle avait songé qu'elle ne s'était pas sentie aussi réelle depuis longtemps.

Après s'être rafraîchie un moment au salon, il lui arrivait d'aller dans la chambre des parents et de faire glisser une des portes coulissantes de la penderie qui couvrait un mur entier. Elle avait découvert qu'elle avait la même pointure que la maîtresse de maison, elle s'amusait à essayer les chaussures, à se regarder dans le grand miroir, portant l'une après l'autre des robes qui finissaient sur le lit en un méli-mélo multicolore.

Au bout d'une semaine, un après-midi, elle se rendit en ville. Il y avait moins de monde que d'habitude, à cause des vacances. Elle s'assit sur un banc au bord du fleuve avant d'aller à la cafétéria de la gare. Après avoir mangé, elle resta à observer les allées et venues. Elle décida de ne pas bouger tant que toutes les personnes assises aux tables voisines n'auraient pas été remplacées par de nouveaux clients. Une heure plus tard, il en restait seulement un qui avait passé autant de temps qu'elle à la cafétéria. Il était assis à la fenêtre avec une tasse de café vide devant lui, à contempler la place devant la gare.

Ses cheveux longs se mêlaient à ses rouflaquettes, il portait une salopette verte, comme celle d'un ouvrier ou d'un mécanicien. Elle fut soudain agacée qu'il puisse rester ainsi à regarder la place de la gare sans se retourner. Elle découvrit que, avec son couteau, elle pouvait capter un reflet de la place et renvoyer ainsi un point lumineux papillotant. Quand la tache lumineuse eut dansé sur sa joue un moment, il finit par se retourner. Il lui sourit, elle lui rendit son sourire, il y avait de la gaieté dans son regard, comme s'il avait toujours su qu'elle était là, derrière lui. Il se remit à regarder par la fenêtre, le visage à nouveau impassible. Elle se leva et sortit sans lui adresser un regard.

Un quart d'heure plus tard, elle nota qu'une voiture ralentissait à sa hauteur et la suivait le long du trottoir. C'était une Mercedes dernier modèle bleu foncé, elle fut surprise de le voir au volant, avec sa salopette. Il sourit et désigna le siège du passager d'un geste étrange, l'invitant à le rejoindre. Elle sentit ses genoux flancher un peu quand il se pencha pour ouvrir la portière. Elle lisait dans ses yeux qu'elle pouvait monter sans crainte, mais elle osa le rejoindre uniquement parce que, pendant plusieurs jours, elle s'était sentie comme une inconnue. Une autre que celle qu'elle avait été jusqu'alors.

Il lui demanda s'il pouvait la déposer quelque part et il sifflota doucement quand elle lui donna l'adresse. Il voulut savoir d'où elle venait. Elle chercha à le lui faire deviner, il ne trouva pas. *Dänemark*... Il dit cela d'une manière bizarre, presque sérieuse, à la manière des enfants qu'elle gardait quand ils lui parlaient de choses qu'ils avaient vues, ou quand ils voulaient confirmer qu'ils les savaient. Des constats, comme s'ils prenaient la mesure des choses en les nommant plusieurs fois. Il avait prononcé ce mot comme un enfant avec sa voix basse et profonde.

Il remarqua qu'elle avait aperçu le cœur tatoué sur son avant-bras droit, cerné par J & T en lettres gothiques. Il la dévisagea. Jutta et Thorwald. Ils avaient été mariés. Deux enfants, des filles, quatre et six ans. Il s'exprimait ainsi, par bribes de phrases. Les filles étaient chez leur mère. Il se concentra sur la circulation devant lui. Elle ne savait pas pourquoi il lui racontait tout cela. Elle eut l'impression d'entrapercevoir une vie sans rien en savoir vraiment.

Lorsqu'il arrêta la voiture au bout de la rue silencieuse, elle se surprit elle-même à lui demander s'il avait envie de piquer une tête. Elle avait un peu parlé d'elle, surtout pour qu'il ne se sente pas exposé par ce qu'il lui avait raconté, même s'il aurait fort bien pu s'en abstenir. C'était déjà comme s'ils se connaissaient un peu.

Les ombres des arbres s'étiraient sur la pelouse, et les rayons du soleil à travers les feuilles faisaient étinceler l'eau. Thorwald ôta ses vêtements et les posa sur les carreaux. Cela ne sembla pas le gêner qu'elle le voie entièrement nu, sur le bord, avant de plonger. Elle vit son dos et ses jambes filer sous l'eau avant qu'il ressurgisse en ricanant, avec ses longs cheveux ruisselants collés sur sa tête. Elle laissa tomber ses vêtements à côté des siens et plongea vers lui. Ils ne dirent pas un mot pendant qu'ils nageaient en cercles, l'un autour de l'autre. Sa peau et son teint étaient totalement blancs comparés à elle.

Voulait-il un verre ? Oui, volontiers. Un whisky soda, ajouta-t-il en riant. Elle laissa derrière elle un sillage de gouttes d'eau lorsqu'elle entra dans la maison et s'approcha de la table roulante près de la cheminée, où les bouteilles étaient posées. Elle passa dans la cuisine pour prendre de l'eau gazeuse et des glaçons et, même s'il n'y avait pas de bruit, elle n'entendit ni la porte claquer ni les pas dans la maison. Quand elle revint sur la terrasse avec ses verres qui tintaient, elle eut l'impression de se retrouver dans la scène d'un film à laquelle elle ne participait pas : elle vit Thorwald, de l'eau jusqu'à la taille, les yeux levés vers une femme mûre et forte.

Il fallut quelques secondes à Sonja avant de reconnaître la femme qui se tenait sur le bord de la piscine. Il ne lui était pas venu à l'esprit que la femme de ménage puisse venir pendant que la famille était partie en vacances. Quand Sonja les rejoignit, Thorwald était déjà en train d'enfiler son pantalon, courbé et confus, pendant que la femme de ménage le toisait, les mains sur les hanches. Il haussa les épaules et sourit à Sonja avant de quitter le jardin, les chaussures à la main, le dos encore un peu voûté.

Tandis que Sonja faisait sa valise dans sa chambre, elle entendit la femme de ménage qui téléphonait à quelqu'un. À ce que comprit Sonja, elle parlait à la maîtresse de maison. Elle parlait fort, et le ton de sa voix était à la fois indigné et servile. Sonja traîna sa valise dans le couloir, elle s'arrêta devant la chambre des parents où les robes s'entassaient encore pêle-mêle sur le lit défait. Elle n'aurait pas le temps de les ranger dans la penderie avant que la femme de ménage ne vienne à l'étage. Son regard se posa sur une petite statuette placée sur le bord de la fenêtre, un bouddha thaïlandais aux traits doux et réguliers. Sans réfléchir, elle s'en saisit et le rangea sous les vêtements entassés dans sa valise.

Quand elle descendit, la femme de ménage avait terminé son coup de fil. Elle l'attendait au pied de l'escalier et la suivit du regard. Elle tendit la main et exigea la clef de la maison. Sonja la lui donna et reprit sa valise. La femme de ménage ne la lâcha pas d'une semelle, et Sonja dut ouvrir la porte elle-même. Elle ne s'était pas attendue à ce que la Mercedes bleue soit encore garée devant la maison. Thorwald en descendit, il ouvrit le coffre et vint à la rencontre de Sonja pour prendre sa valise, comme un vrai chauffeur. Sur le seuil de la porte, la femme de ménage les observait, ils éclatèrent de rire quand la voiture démarra. Pour Sonja, il était étrange de rire ainsi avec un homme qu'elle venait juste de rencontrer.

En tout cas, là, elle était à la rue, constata Thorwald. Il souriait, comme lorsque l'on raconte une scène drôle ou étonnante d'un film. Il lui demanda si elle avait besoin d'un endroit où passer la nuit. Elle haussa les épaules et se dit qu'elle n'avait qu'à rentrer au Danemark. Si elle prenait un train de nuit pour Hambourg, elle pouvait être à Copenhague le lendemain matin. Mais il y avait quelque chose d'intéressant et d'inquiétant dans le fait de se retrouver à la rue, à Francfort, sans savoir ce qui allait advenir. En outre, il n'y avait nulle part où elle avait envie d'aller. Elle n'avait aucune envie de retourner chez sa mère et son beau-père et ne pourrait guère passer plus d'une nuit ou deux chez chacune de ses amies.

Thorwald déclara qu'il allait régler ça en premier. Et pourquoi donc, aurait-elle pu demander, mais elle n'avait pas envie de poser de questions. Elle avait seulement envie de voir ce qui allait arriver, comme si cela allait de soi. Il se pencha et se mit à fouiller dans la boîte à gants. Il sortit une cassette après l'autre, en regardant tour à tour la route et les cassettes, comme s'il ignorait ce que la boîte à gants avait à offrir. Il en mit une, Janis Joplin, elle reconnut la voix rauque et intense. Il éclata de rire et reprit les paroles de la chanson, son accent la fit sourire : « *Oh Lord, won't you buy me a Mercedes-Benz...* »

Il prit le périphérique et le suivit un moment avant de sortir dans une zone industrielle. Elle n'était jamais venue dans cette partie de la ville. La voix de Janis Joplin était le seul aspect familier de la situation, elle avait l'impression de ne même plus savoir qui elle était. Cette pensée lui procurait un sentiment de légèreté tandis qu'elle contemplait les bâtiments industriels et les entrepôts le long de la route. Plus loin, elle vit un train passer sur un viaduc et se souvint qu'elle avait traversé une zone industrielle similaire quand elle était arrivée, un an plus tôt. Était-ce le train de Hambourg qu'elle voyait sur le viaduc ? Elle se retourna pour voir où était le soleil, mais le train n'allait ni vers le nord ni vers le sud.

Thorwald tourna dans une route moins fréquentée et les bâtiments anonymes furent remplacés par des terrains vagues avec des pylônes, des broussailles et des monceaux de terre. Peu après, il ralentit et franchit un portail aux portes métalliques rouillées. Il s'arrêta dans une cour goudronnée. Il y avait un certain nombre de voitures, neuves et vieilles, devant la porte d'un atelier de mécanique auto. Un type au crâne dégarni s'approcha d'eux quand ils descendirent. Sa poitrine était noire de graisse sous son bleu de travail ouvert et Sonja sentit son odeur de vieille sueur avant que les deux hommes ne la laissent dans la cour. Visiblement, ils se connaissaient. Thorwald se retourna et lui adressa un sourire d'excuse, c'est du moins ce qu'elle crut, et dit qu'il en aurait juste pour un instant.

Elle alla jusqu'à la clôture grillagée derrière la rangée de voitures et alluma une cigarette. Un pré s'étendait derrière le grillage, avec des genêts et de hautes herbes le long d'un remblai de chemin de fer. Peut-être était-ce la même voie qui, un peu plus loin, passait sur le viaduc qu'elle avait vu de loin. Le soleil avait disparu derrière le remblai, mais lorsqu'un train défila, telle une silhouette fugace, les fenêtres des wagons à la file clignotèrent comme un signal incompréhensible.

Il s'était écoulé une année sans qu'elle songe à ce qu'elle allait faire de sa vie quand elle rentrerait au Danemark. Elle n'avait eu aucune envie de penser à l'avenir, rien que l'idée lui avait semblé stérile. Se moquait-elle donc de tout ? Elle croyait entendre sa mère. Une formation, un travail, un mari, une famille, un foyer. Ces mots lui faisaient l'effet de meubles de poupée dans une maison de poupée. Elle ne pouvait se représenter au milieu de ces mots, et peu lui importait d'avoir des diplômes, une belle maison ou une petite baraque, un beau mari ou un moche. Elle repensa à une phrase qu'elle avait lue sur un mur lors de ses trajets en bus entre la banlieue et le centre : ES MUSS ALLES ANDERS WERDEN.

Ce que l'on appelait la contestation n'était jamais vraiment parvenu en ces lieux où les arbres poussaient à l'horizontale, où les vaches restaient immobiles dans les champs à la regarder passer, quand elle partait à l'école et en revenait. Tout ce qu'elle savait de la contestation étudiante, elle l'avait vu à la télé ou entendu à la radio. Dans sa jeunesse, il y avait eu un ciel bien trop grand, bien trop de place pour les fluctuations absurdes des nuages, et trop, bien trop de pluie. Il lui fallait s'arc-bouter contre le vent et la pluie pendant ce kilomètre jusqu'au croisement où se trouvait l'arrêt de bus. Elle pouvait seulement regarder ses bottes et le goudron, noir et luisant comme une limace.

Quand elle se retrouvait finalement dans le bus, elle faisait une petite ouverture dans la buée de la vitre et regardait défiler la banalité plate et détrempée. Elle se sentait tellement vidée par l'ennui qu'elle n'était même pas en mesure d'imaginer autre chose. Il restait seulement de l'insatisfaction, un dégoût grognon, mais de la révolte, non. Cela n'allait jamais bien loin, il était juste possible de rejoindre une copine le samedi après-midi pour prendre le bus jusqu'à une ville un peu plus grande, se soûler dans une discothèque et vomir dehors, parfois ramener un type à la maison ou se geler le cul sur la banquette arrière de sa bagnole.

Il lui arrivait d'observer sa mère en cachette quand elles regardaient la télé dans le salon plongé dans l'obscurité. Il fallait faire des économies d'électricité et, en règle générale, une seule lampe était allumée. Sa mère était une femme grosse et pâle qui partait à l'usine textile à quatre heures et demie du matin et passait ses après-midi dans la cuisine à lire ses magazines à sensation et à se rouler des cigarettes avec une petite machine en plastique. Elles ne se parlaient pas souvent, et leurs conversations ne tardaient pas à virer à la dispute, jusqu'à ce que les bronches de sa mère faiblissent et que ses paroles se muent en un sifflement saccadé. Ce n'était pas que Sonja aimait se quereller, et elle n'aimait pas le ton de sa voix, insolent et revêche. Mais elle n'y pouvait rien, voilà tout.

Elle se demandait quel était le sens profond de l'existence de sa mère, à part rester en vie, payer les factures et fumer ses clopes. Il lui vint à l'esprit que c'était elle, Sonja, qui avait représenté ce sens, du moins jusqu'à maintenant. Mais cette idée ne l'adoucit pas pour autant. Sa pitié ne parvenait pas à prendre corps. Il y avait trop d'écart avec leur monde, leur quotidien crasseux et un peu honteux, avec ses marques dans la toile cirée et ses coupures d'ongle sur le tapis de bain au tissu éponge pelucheux. Elle rêvait d'autre chose, de partir très loin, mais même ses rêveries la déprimaient, par leur côté songe-creux et fade, et par leur distance avec sa réalité.

Sa réalité. Elle n'était pas bête au point de ne pas comprendre que sa réalité était la même pour tout le monde. Elle avait simplement eu la malchance de naître dans un coin de celle-ci où elle se sentait tellement étrangère, comme si elle avait été abandonnée sur une autre planète. Ses rêves ne ressemblaient pas à ceux des autres jeunes filles, elle ne les retrouvait pas dans les magazines, ils ne possédaient pas de contours précis. Elle rêvait surtout de se sentir présente là où elle était, et, au fond, peu importait comment.

Quand elle se retourna, Thorwald se dirigeait vers la Mercedes bleue. Il sortit sa valise du coffre et la déposa par terre avant de se mettre au volant et de démarrer. Pendant un instant, elle se dit qu'il avait peut-être l'intention de déguerpir et de la laisser avec le mécanicien au crâne dégarni qui sentait la sueur, mais il se contenta de faire entrer la voiture dans l'atelier. Elle aperçut les deux hommes qui s'agenouillaient devant les pare-chocs, mais elle n'en vit pas plus. Soudain, le mécanicien se releva et baissa la porte métallique.

Thorwald ressortit peu après, seul. Il prit la valise de Sonja et elle le suivit jusqu'à une voiture blanche. Il ouvrit le coffre et y déposa la valise avant de le refermer d'un claquement sec. Elle le dévisagea. Une nouvelle voiture ? Il eut un sourire roublard et désigna les lettres du logo BMW : « *Baader-Meinhof Wagen !* » Bien sûr, elle avait déjà entendu ces noms, mais elle n'était pas sûre d'avoir saisi le jeu de mots. Il lui demanda si elle avait faim. Elle haussa les épaules et monta dans la voiture.

Elle pouvait très bien rester chez lui quelques jours. Il eut l'air embarrassé en disant cela, comme s'il craignait d'être mal compris. De fait, il était assez étrange qu'elle se sente aussi rassurée en sa compagnie, après tout, elle le connaissait seulement depuis quelques heures. Il émanait de lui un je-ne-sais-quoi de calme et de détaché qui était contagieux, et elle était insouciante à l'idée de ce qui pouvait arriver. Elle se demanda si, en réalité, il n'était pas — comment dire ? — un peu naïf ?

Il se gara dans une petite rue d'un quartier anonyme et la conduisit à une cage d'escalier qui aurait paru luxueuse si sa peinture n'avait pas été aussi écaillée. Il posa sa valise devant une porte massive avec une plaque en cuivre et il sortit une clef. L'appartement lui parut banal et petit-bourgeois quand elle se retrouva dans l'entrée, avec la tapisserie au motif à fleurs roses, le miroir au cadre doré, une commode basse et un tapis rouge foncé sur le parquet. Elle fut étonnée par la décoration de l'appartement de Thorwald. Elle se dit qu'il l'avait peut-être amenée chez sa mère, mais l'entrée se révéla être la seule pièce meublée de manière normale de tout l'appartement. Dans les pièces et les chambres vides et hautes de plafond, il y avait des matelas à même le sol, avec des tas de vêtements. Les rares meubles donnaient l'impression d'avoir été récupérés dans une benne à ordures ou chez un brocanteur, l'éclairage était fourni par des ampoules nues qui pendaient du plafond ou des bougies fichées dans des bouteilles.

Elle l'observa, assise dans la cuisine, pendant qu'il préparait des spaghettis. Il avait mis un disque de country sur le tourne-disque à côté de lui. Il chantait dans son mauvais anglais tout en remuant la casserole avec un sérieux digne d'un clown, comme s'il était particulièrement difficile de faire cuire des pâtes. Elle n'avait jamais apprécié la country. Elle lui demanda s'il avait une cigarette. Il saisit un paquet posé à côté de la cuisinière et le lui lança. Elle l'attrapa au vol. Il était rouge, orné d'une main tendue dessinée au trait, à l'ancienne. Elle prononça le nom à voix haute : Roth-Händle... Rote Hände. Il rit.

Elle était contente qu'il ne lui pose pas de question. Visiblement, il trouvait parfaitement normal qu'elle soit là, à manger des spaghettis dans sa cuisine. Plus tard, il lui fut impossible de se rappeler ce dont ils avaient parlé, elle se souvenait seulement de l'ambiance détendue entre eux. Assis par terre dans une des pièces vides, ils avaient regardé un vieux film américain à la télé. Elle reconnut James Stewart, en chapeau mou, qui roulait dans San Francisco. Il suivait une belle jeune femme aux cheveux blonds, on voyait le Golden Gate Bridge et les vagues qui se brisaient contre les falaises le long du Pacifique, mais il ne se passait rien. Elle aima ce moment de calme où elle ne pensait à rien, se contentant d'écouter la musique romantique pendant que James Stewart et la femme fonçaient dans leurs grosses voitures américaines. Eux non plus ne donnaient pas l'impression d'aller quelque part.

Thorwald lui montra où elle pouvait dormir, un matelas dans une petite chambre sur la cour. Avant de s'endormir, elle songea peut-être aux visages aperçus dans la cafétéria de la gare de Francfort, aux après-midi monotones passés sur le bord de la piscine dans le jardin de sa famille d'accueil et au sourire contemplatif du bouddha doré, caché sous les vêtements de sa valise.

Elle fut réveillée par l'ouverture brutale de la porte, en pleine nuit. Elle parvint à distinguer une silhouette qui se détachait dans la lumière éclatante tombant du plafond de la pièce voisine, juste avant que la porte ne soit refermée. Elle entendit des voix qui discutaient, il y avait Thorwald et d'autres personnes, mais elle ne put déterminer combien ils étaient ni ce qu'ils disaient. Thorwald semblait sur la défensive, et elle ne douta pas que c'était sa présence à elle qu'il tentait de justifier. Elle resta un moment sur le matelas, emmitouflée dans la couverture qu'il lui avait donnée, avant de trouver la force de se lever.

Ils se turent brusquement et la dévisagèrent quand elle entra, et, avec sa couverture, elle se sentit comme un enfant. Il y avait deux autres personnes en plus de Thorwald, une jeune femme et un type en veste de cuir. L'air était lourd de fumée de cigarettes. Ils étaient assis dans des fauteuils de jardin autour d'une table pliante sur laquelle s'entassaient les bouteilles. Le type à la veste de cuir se leva et sortit sans dire un mot, la jeune femme ne bougea pas et dévisagea Sonja.

Elle était maigre avec les cheveux courts, ce qui faisait paraître ses yeux encore plus grands. Elle ne dit pas un mot, elle scrutait Sonja sans ciller. Thorwald se mit à étudier ses mains. Sonja n'avait pas remarqué à quel point elles étaient larges, mais là, alors qu'il ne les quittait pas du regard, elles contribuaient à lui donner un air de fragilité. Elle s'approcha de lui, il leva la tête. Elle songea alors qu'il était père, ce que l'on aurait eu du mal à croire en le voyant ainsi, penché, les épaules tombantes. Elle lui aurait volontiers demandé comment s'appelaient ses filles.

Elle demanda s'il fallait qu'elle parte. Il baissa la tête, si bien qu'elle ne fut pas sûre qu'il l'ait entendue. Puis il se tourna vers la jeune femme aux cheveux courts. Elle reste, dit-il. La jeune femme haussa les épaules. Sonja nota ses clavicules saillantes dans le décolleté de son pull. Elle regarda Sonja en plissant les yeux et tira une bouffée de sa cigarette. Tu en prends la responsabilité, dit-elle et, pendant un instant, Sonja crut qu'elle s'adressait à elle.

La jeune femme aux cheveux courts se leva et passa dans la pièce voisine. Sonja s'assit dans le fauteuil qu'elle venait de laisser. Pourquoi n'avait-il pas dit qu'elle devait partir ? Thorwald esquissa un sourire, il hésita à répondre, comme s'il avait besoin de réfléchir. Parce qu'il avait envie qu'elle soit là. Ses joues rougirent un peu, ce qui la fit sourire, mais il ne sembla pas gêné qu'elle le vît rougir.

Il mit un disque, dc la musique douce, pas de la country, et ils partagèrent un joint. Ils écoutèrent la musique, riant de rien, en fumant. Un peu plus tard, ils dansèrent sur un morceau lent, tanguant serrés l'un contre l'autre dans la pièce nue et plongée dans la pénombre. Cela faisait des mois qu'aucun homme ne l'avait touchée.

Il n'était pas là quand elle se réveilla le lendemain matin. Elle resta allongée à écouter le brouhaha lointain de la circulation. Le lit de Thorwald n'était qu'un matelas semblable à celui où elle s'était couchée la veille avant d'être réveillée, et les choses prirent une perspective tout autre. Le silence paraissait plus profond parce que, de temps en temps, il était rompu par les voitures qui passaient. Comme la surface de la piscine par les rides, songea-t-elle. Elle pensa alors au jardin immobile, aux carreaux du bord de la piscine, à ses pieds sur la chaise longue. Deux corps étrangers qui semblaient séparés du reste de sa personne parce qu'elle avait mis du vernis à ongles sur ses orteils, vernis trouvé dans le placard de la salle de bains de ses employeurs.

Il était presque impensable que la villa de la banlieue chic se situe dans la même ville que l'appartement vide et délabré où elle venait de se réveiller. Ils ne la trouveraient jamais ici. D'ailleurs, allaient-ils même essayer de la retrouver ? Même s'ils venaient à la soupçonner d'avoir pris le bouddha, ils supposeraient sans doute qu'elle était rentrée à Copenhague depuis longtemps.

Cette idée la fit sourire. Elle plongea le nez dans la couverture matelassée et eut l'impression de reconnaître l'odeur différente de Thorwald. Il était doux et un peu mal à l'aise et même si, une fois encore, il était un parfait inconnu quand il s'était penché sur elle, nu, elle s'était sentie détendue et rassérénée. Peut-être était-ce dû à son expression cocasse quand il la dévisageait, comme pour s'assurer que, là aussi, tout allait bien.

Ils n'avaient rien dit après le premier baiser. C'était comme si, chacun de son côté, ils avaient pensé qu'il fallait choisir, parler ou s'embrasser, et que le moindre mot les aurait mis dans l'impossibilité d'aller plus avant. De toute évidence, ils le désiraient tous les deux, et même quand ils ne purent aller plus loin, quand ils se retrouvèrent en sueur, côte à côte, ils ne dirent toujours rien. Les mots auraient rendu la chose étonnante, car ils auraient été soit trop anodins comparés à l'étrangeté de la situation, soit trop étrangers eu égard à l'intimité soudaine. Aussi longtemps qu'ils se taisaient, il n'y avait rien de surprenant. Tant qu'ils restaient ainsi allongés à partager la même cigarette, la situation était ce qu'elle était, ni étrange ni son contraire, ni importante ni insignifiante. Elle avait envie que cela dure, que cela continue ainsi.

Elle se leva sans s'habiller et passa dans la cuisine où les casseroles de sauce tomate et de spaghettis durcis étaient toujours là et telles qu'ils les avaient laissées. Elle mit de l'eau à chauffer et chercha du café. Les placards étaient vides, excepté des assiettes et des verres, des conserves et une boîte en fer-blanc dont on pouvait imaginer qu'elle renfermait du café. La boîte en fer-blanc était étonnamment lourde, et il y eut un bruit sourd quand elle la sortit du placard. Elle ôta le couvercle, et, sur le coup, elle n'en crut pas ses yeux.

La boîte sentait bien le café, mais n'en contenait pas. Elle n'avait jamais tenu un pistolet dans sa main, mais il ne faisait aucun doute qu'il s'agissait d'un vrai. Pourtant, il y avait quelque chose d'irréel à sa présence luisante. Elle le leva devant son visage et lut le nom gravé dans le reflet déformé de ses lèvres. Smith & Wesson. On aurait dit le nom d'un cabinet d'avocats. Il était difficile d'associer des noms de personnes avec un outil destiné à tuer les gens. Smith et Wesson avaient sûrement femme et enfants, et ils étaient eux-mêmes fils de quelqu'un.

Quand elle se retourna, la jeune femme aux

cheveux courts était sur le seuil, tête inclinée sur le côté, bras croisés. Elle avait un sourire méprisant quand elle s'approcha lentement de Sonja et lui prit le pistolet des mains, comme on retire un jouet à un enfant.

Elle aurait pu rentrer au Danemark, mais elle était restée. Quand elle m'a parlé de cette période-là, elle n'a pas pu m'expliquer pourquoi. On aurait dit que, avec le temps, l'explication avait jauni avant de s'effacer. Peut-être n'était-elle pas rentrée chez elle par ce que l'expression « chez elle » n'avait pas de contenu clair à ses yeux. Mais pourquoi était-elle restée dans l'appartement de Thorwald, d'Angela et des autres qui y passaient simplement quelques heures ou y restaient plusieurs jours d'affilée ?

Elle s'appelait Angela, la jeune femme aux cheveux courts, aux grands yeux et au sourire sarcastique. Le nom ne lui allait pas, ses parents avaient dû avoir en tête une fille différente. Une fille qui n'aurait jamais pensé à cacher un Smith & Wesson dans un appartement vide où seule l'entrée, avec son papier peint rassurant, sa console et son miroir flanqué d'appliques, donnerait l'illusion d'un foyer banal si jamais quelqu'un venait à sonner à la porte ou à regarder par la fente de la boîte aux lettres.

Mais pourquoi était-elle restée ?

Elle se souvenait seulement de cet été sous forme d'images isolées et de séquences. Il lui était difficile d'en préciser l'ordre, ou ce qui les reliait, et ce que je rapporte ici est une tentative de reconstruction de son propre récit hésitant. Elle était restée parce qu'elle n'avait rien de mieux à faire et parce qu'ils le lui avaient permis.

Plus tard, Sonja découvrit que Thorwald avait failli être exclu du groupe, parce qu'il l'avait entraînée là. Elle eut aussi le sentiment qu'Angela et lui avaient sans doute été à la colle. Au fond, elle fut étonnée qu'ils ne lui aient pas intimé l'ordre de disparaître, dès le lendemain matin. Peut-être Angela se disait-elle que Sonja allait représenter un risque plus important si on lui permettait de s'en aller, alors qu'elle savait ce qui était caché dans une boîte en fer-blanc, dans un des placards de la cuisine. Angela était le cerveau du groupe, son chef tacite, même s'ils s'efforçaient tous de donner l'impression que leurs décisions étaient prises en commun durant leurs interminables discussions nocturnes.

Sonja ne comprenait pas grand-chose de ce qui était dit. Stammheim surgissait souvent avec d'autres noms, Meins, Ensslin, Meinhof et Baader. Elle avait lu dans la presse des articles sur Holger Meins, qui était mort en prison après une grève de la faim, trois ans plus tôt. Elle avait vu à la télé les reportages sur la prise d'otages à l'ambassade d'Allemagne à Stockholm, au printemps suivant, où deux employés avaient été tués avec un des preneurs d'otages. Alors qu'elle était seulement une adolescente, elle avait assisté au massacre des Jeux Olympiques de Munich, mais vu de chez elle, du Danemark, cela ne la concernait pas directement. Cela avait été des événements qui se passaient dans le monde que l'on connaît seulement par la télé.

On aurait dit qu'Angela lui permettait de rester parce qu'elle prenait un plaisir maladif à observer Sonja et Thorwald. Angela avait un peu plus de trente ans, un âge respectable aux yeux de Sonja, et Sonja se sentait flattée par les confidences d'Angela, comme si elles étaient de vraies amies. De toute évidence, Angela se considérait d'une intelligence bien supérieure, et Sonja était fascinée qu'Angela ne se rende pas compte qu'elle l'observait froidement, tout en se laissant flatter et informer.

Parfois, Angela venait la retrouver le matin, quand Thorwald était parti, et s'allongeait à côté d'elle sur le matelas. Sonja ne savait pas à quoi Thorwald occupait ses journées, s'il avait un boulot normal, mais elle ne posait pas de questions sur ce sujet. Angela jouait avec les cheveux de Sonja. Elle y faisait des nœuds, des tresses, comme si elle n'avait jamais essayé d'avoir des cheveux longs, tout en essayant de lui extorquer des informations sur Thorwald.

Sonja disait ce qui lui passait par la tête. Une partie était vraie, l'autre le fruit de son imagination. Elle n'était pas amoureuse de Thorwald, mais le laissait croire à Angela. Elle était simplement séduite par son corps nerveux, par la manière dont il parvenait à la faire s'oublier elle-même. Elle aimait se laisser prendre par lui quand ça lui chantait, et rester passive, cela l'amusait de se laisser soutirer des détails par Angela, comme si cela avait de l'importance. Elle voyait bien que cela faisait mal à Angela d'écouter les discours qu'elle improvisait ainsi, et cela lui permettait de réinstaurer un équilibre entre elles quand elle jouait la naïve et ne tenait pas sa langue.

Angela semblait avoir pris la responsabilité de son éducation révolutionnaire. Sonja n'était pas vraiment contre, même s'il y avait quelque chose d'acharné dans les mots employés par Angela. De fait, seule sa colère parvenait à capter l'attention de Sonja.

Angela était là quand tout avait commencé en juin 67, lors des manifestations contre la venue du shah d'Iran. Elle était là devant l'Opéra de Berlin tandis que le chef de la police et tous les salauds nazis écoutaient *La Flûte enchantée* avec le shah et sa femme. Elle était là pour recevoir une rossée de la part de la police secrète du shah pendant que les policiers allemands regardaient sans bouger. Elle était là quand la police avait tiré une balle dans la tête de Benno Ohnesorg. Il avait vingt-six ans, et c'était sa première manifestation. Il étudiait les langues romanes, il appartenait à une organisation pacifiste chrétienne.

Sonja ne se souvenait pas avoir jamais entendu parler de Benno Ohnesorg. Elle ne devint pas révolutionnaire par solidarité avec le peuple palestinien, ni par haine de l'impérialisme américain ou de l'exploitation capitaliste de la société. Bien entendu, elle n'avait rien contre si la révolution bénéficiait aux Palestiniens et aux autres peuples opprimés, mais ce n'était pas ça qui, peu à peu, lui avait fait prêter attention aux monologues d'Angela. C'était une forme de dégoût, d'écœurement envers elle-même et le reste du monde. Elle ne parla pas de ce dégoût à Angela, de crainte qu'Angela ne balaie son sentiment comme expression d'une morale petite-bourgeoise et d'une fausse conscientisation. Elle se contentait d'écouter tout en songeant à ce que quelqu'un avait écrit sur un mur devant lequel elle était passée, un jour : ES MUSS ALLES ANDERS WERDEN. Tout devait changer, y compris elle-même.

D'après Angela et les autres membres du groupe, à l'exception peut-être de Thorwald, c'était là une question qui relevait du cours inexorable de l'histoire. Ou peut-être n'était-ce même pas une question, car la roue de l'histoire tournait, ils n'y pouvaient rien, et soit on suivait le mouvement soit on était contre. Sonja s'imaginait l'histoire comme un navire, peut-être une énorme locomotive à vapeur d'un noir de jais qui l'emporterait loin de tout ce qu'elle avait connu. La vie improvisée dans l'appartement vide, avec ses allées et venues, lui faisait se représenter l'endroit comme une salle d'attente où des voyageurs rassemblés par le hasard attendaient que l'histoire passe les prendre.

Elle avait pris conscience de ce sentiment au cours des jours où elle était restée immobile au bord de la piscine dans la banlieue chic, mais elle n'avait été capable de le décrire qu'à partir du moment où elle avait rencontré Angela. Elle ne voulait pas d'une vie en dehors du jardin paisible où elle entendait seulement le bruit d'un arroseur automatique dans le jardin d'à côté et celui de son corps qui frottait contre la toile imperméabilisée de la chaise longue. Toute autre vie lui paraissait étouffante et constituée de mouvements répétés dans des circuits fermés, du lever au dîner, au jour le jour. De la maison au travail, du travail aux vacances, d'une saison à l'autre, de décennie en décennie.

Même tout ce que l'on aurait pu espérer et, par là, désirer lui semblait vaguement écœurant. L'idée de voir les jours par le prisme de ses espérances et laisser l'inventaire quotidien des objets, des impressions et des mots s'ordonner selon le magnétisme de l'espoir, tels des bouts de limaille qui obéissent idiotement. L'idée, par un matin d'hiver, dans le bus, dans un manteau mouillé au milieu d'autres manteaux mouillés, d'être en route, malgré tout. Il lui vint à l'esprit que les espoirs des gens ne devenaient pas moins illusoires lorsqu'ils se réalisaient, car, sinon, à quoi bon ? À quoi bon, quand on obtenait tout ce que l'on avait pu s'enthousiasmer à espérer ?

Mais l'idée d'aller nulle part la remplissait d'un dégoût aussi fort que l'écœurement d'être en route, en chemin, et c'était dans l'oscillation insupportable entre ces deux idées qu'elle avait rencontré Thorwald et Angela. D'une certaine façon, ils étaient chacun l'expression de ces deux positions. Thorwald semblait heureux d'avoir le droit de la pénétrer selon tous les angles possibles, comme s'il n'avait d'autre envie que de s'installer dans son con et de ne plus jamais en sortir. Angela, en revanche, lui tournait autour, fébrile et irritable comme si elle ne cessait pas de consulter une montre intérieure et se demandait ce qui pouvait bien ainsi retarder l'histoire.

Peu à peu, Sonja eut l'impression qu'ils attendaient. Quand elle marchait dans la rue avec Angela, il arrivait qu'Angela entre dans une cabine téléphonique. Chaque fois, le téléphone sonnait peu après et elle parlait longuement à son interlocuteur qui, de toute évidence, savait d'avance qu'elle était prête et disponible. Un silence de conspirateur se faisait parmi le groupe dès que Sonja entrait dans la pièce, mais cela ne la gênait pas d'être tenue à l'écart. Elle n'attendait rien, n'est-ce pas ? Ou, si elle attendait quelque chose, ce n'était rien de précis.

Elle avait l'impression d'avoir changé au cours de cette année à Francfort. Après avoir rencontré Thorwald et Angela, c'était comme si la transformation se produisait si vite qu'elle la sentait. Surtout comme un adieu à tout ce qu'elle connaissait. Elle ne soupçonnait pas ce qui était en train de lui arriver ni où elle allait. Au fond, c'était en soi un soulagement de l'ignorer. Nul ne savait où elle se trouvait, et elle se rendit compte que c'était sûrement valable aussi pour Thorwald et Angela. Ils ne recevaient jamais de courrier et les quelques lettres qui arrivaient allaient rejoindre sur la table de la cuisine une pile d'enveloppes jamais ouvertes. Quand elle demanda à Thorwald à qui était vraiment cet appartement, il lui répondit en souriant qu'elle ne devait pas poser autant de questions. Elle demanda si cela signifiait qu'Angela et lui se planquaient, il se contenta de répondre par un sourire.

Il l'emmenait parfois au cinéma ou au restaurant, il leur arrivait aussi de sortir de la ville, mais rarement avec la même voiture. Plusieurs semaines s'étaient déjà écoulées depuis qu'ils étaient ensemble, mais ils n'en savaient pas beaucoup l'un sur l'autre. Ce n'était pas seulement du groupe et de leurs plans qu'il refusait de parler. D'une manière générale, il ne semblait pas nourrir une grande confiance dans les paroles et les mots. Elle était soulagée qu'ils n'éprouvent pas le besoin d'exhumer les histoires de leurs vies simplement parce qu'ils couchaient ensemble, mais elle était curieuse, malgré tout, peut-être parce qu'il arrivait à Thorwald de se départir de son habituelle insouciance enjouée. Elle devait alors se retenir de poser une main sur sa nuque et de lui demander ce qui clochait quand il se renfermait ainsi, car cela aurait été comme rompre un accord.

En revanche, Angela, elle, était plus que désireuse de parler, certainement parce que Sonja, par ses questions, révélait qu'elle et Thorwald n'étaient pas si proches. Angela parlait de Thorwald sur le ton de la complicité, afin de faire comprendre à Sonja que cette dernière n'était que de passage sur le matelas de Thorwald, tandis qu'Angela serait toujours, à l'arrière-plan, son unique point de repère.

Thorwald était originaire d'une ville du Sud. Il avait divorcé deux ans plus tôt, quand sa femme l'avait quitté. Elle s'était remariée, avait obtenu le droit de garde de leurs filles et refusait qu'il les voie. Il ne savait même pas où elles habitaient. Son père était mort sur le front Est sans avoir jamais vu son fils. Sa mère avait travaillé à l'usine. Elle avait eu une liaison avec un officier américain quand Thorwald avait sept ans.

Il avait admiré le généreux Américain qui, pendant un moment, les avait sortis de la misère, mais il se souvenait aussi, du moins il s'imaginait se souvenir avoir eu honte de la gratitude de sa mère pour son amant américain. Ce dernier voulait épouser la mère de Thorwald, ils iraient vivre dans la petite ville américaine où il était né. Il allait revenir les chercher quand il aurait préparé leur nouvelle vie mais, quand il fut parti, ils n'entendirent plus jamais parler de lui. Plus tard, sa mère était morte d'un cancer.

Sonja n'osa pas laisser paraître ce qu'elle savait de Thorwald. Elle était certaine qu'il s'en moquerait, mais elle pensait à son histoire quand ils étaient ensemble. Elle refusait d'avoir pitié de lui, alors elle l'admira. Il avait tout perdu et, aux yeux de Sonja, c'était une liberté de n'avoir plus rien.

Il ne participait pas aux discussions nocturnes quand le groupe était réuni dans l'appartement, où l'air était lourd de fumée de cigarettes et d'abstractions. Elle avait le sentiment qu'il était en dehors d'une manière qui rappelait un peu la sienne. Parmi eux, il était le seul à n'être pas allé à l'université, mais il n'y avait pas que ça. Elle percevait la différence comme de la timidité qu'il pouvait seulement masquer par une attitude dure et impitoyable. Mais il n'était pas dur et devait donc se dissimuler derrière son insouciance mi-innocente mi-farceuse.

Ce n'était pas qu'il n'était pas respecté. Il était l'homme pratique, c'était lui qui dégageait le siphon de la salle de bains quand il était bouché, c'était lui qui s'occupait de trouver des voitures, quelle que soit leur utilisation. C'était lui le travailleur, mais quelque chose dans son regard dévoilait qu'il ne se souciait pas d'être le garant de leur authenticité prolétaire. Quand ils faisaient l'amour, elle avait l'impression que ce quelque chose était tapi profondément en lui, un quelque chose de très ancien, qui remontait à bien avant sa naissance à elle. Cela l'amenait parfois à se serrer contre lui, comme si elle pouvait atteindre celui qu'il était, là-bas, au loin, et le protéger. La solitude brute dans le regard de Thorwald lui faisait oublier qu'il avait au moins dix ans de plus qu'elle. Oui, oublier cela et croire qu'elle pourrait le protéger, même si elle ne savait pas de quoi. Cela lui était seulement permis au lit, et si son corps à elle constituait le remède contre tout ce qui faisait mal, cela lui convenait.

Au bout de quelques semaines, les réunions nocturnes et les coups de fil d'Angela dans différentes cabines téléphoniques se mirent à augmenter. Un jour, Sonja était seule dans la cuisine. Elle prit la boîte en fer-blanc dans le placard, mais elle ne fit plus de bruit, elle n'était plus aussi lourde et, lorsqu'elle ouvrit le couvercle, elle trouva la boîte pleine de café. Peut-être que, après avoir surpris Sonja, Angela avait trouvé une nouvelle cachette pour le pistolet, et ce, le jour même. Peut-être avait-il disparu parce qu'il allait bientôt servir. Elle se rappelait ce qu'avait répondu Angela quand elle lui avait demandé pourquoi ils avaient un pistolet. Si les flics nous épargnent, nous les épargnerons. S'ils tirent, nous aussi. Angela avait dit ces mots avec un haussement d'épaules un peu emprunté et arrogant. Sonja s'imagina soudain Angela enfant, quand les parents de cette dernière n'avaient pas encore de raison de penser qu'elle portait mal son nom.

Les parents d'Angela n'avaient pas été des nazis, son père était pasteur dans un village du nord de l'Allemagne et, d'après ce que Sonja avait entendu, Angela avait grandi au sein d'une famille affectueuse et tolérante. Elle avait suivi des études de psychologie à Berlin et appartenu à la même organisation pacifiste protestante que Benno Ohnesorg, mais ne l'avait jamais rencontré. Oui, elle ne l'avait jamais rencontré, pourtant sa mort sous une balle de la police lors de la manifestation contre le shah avait marqué un tournant personnel et politique pour Angela. Les deux choses étaient indissociables, car elle aurait très bien pu être celle qui avait reçu une balle dans la tête.

Il n'y avait aucune raison objective que ce ne soit pas elle. Elle se trouvait à moins de dix mètres, et aucune cause nécessaire ne l'avait placée là et Bruno Ohnesorg là-bas, à ces quelques mètres qui avaient fait toute la différence entre leurs destins. Ils étaient tous deux des manifestants pacifiques. C'était un pur hasard s'il avait reçu cette balle dans la tête et non elle, et les hasards ne servaient à rien, ne menaient à rien. Le caractère fortuit d'un événement n'en rendait pas pour autant sa réalité moins palpable, au contraire, car, dans ce cas précis, il dévoilait plutôt les forces qui le guidaient.

Lorsqu'elle admit que cela aurait aussi bien pu être Benno Ohnesorg qui aurait pu continuer à vivre après ce soir de juin 1967, et que, objectivement, elle aurait aussi bien pu être abattue à sa place, elle comprit qu'elle vivait dans un État fasciste, et qu'elle y avait toujours vécu. Aucun dialogue n'était possible avec un État où les gens étaient simplement les sujets anonymes d'un pouvoir brutal. Après Benno Ohnesorg, après le coup de feu devant l'Opéra de Berlin qu'elle avait entendu aussi clairement que toutes les personnes présentes, manifestants comme policiers, elle avait commencé à voir le monde sous un autre jour. Vietnam, Palestine, tout était lié. C'était la même lutte, l'oppression était la même et la réponse à l'inhumanité sans fard du pouvoir devait donc aussi être la même.

Un jour, Angela demanda soudain à Sonja si elle voulait donner un coup de main. Elle en avait parlé avec Thorwald, et il se portait garant d'elle. Angela avait posé cette question avec son sourire habituel, légèrement dédaigneux. Sonja se demanda quand Angela et Thorwald avaient parlé d'elle, rien que d'y penser, c'était étrange. Elle lui demanda de quoi il s'agissait. Angela la dévisagea un moment. Il s'agissait d'aller chercher une valise à Munich.

Lorsqu'elle se retrouva seule avec Thorwald, elle lui fit part de la requête d'Angela. Il l'observa. Oui, et alors ? Sonja ne comprit pas le sens de sa question. Ils étaient au lit, il était tard. La fenêtre n'avait pas de rideaux et la lueur bleuâtre des lampadaires tapissait le plafond. Comme s'ils se trouvaient au fond de la mer, songeat-elle, comme s'ils levaient les yeux vers la surface de l'eau transparente. Alors, allait-elle le faire ? Elle lui demanda si c'était son idée ou celle d'Angela. Il s'allongea contre elle et lui caressa les cheveux. Quelle importance ? Elle pouvait très bien dire non. Elle prit la main de Thorwald dans la sienne et la serra. Qu'y avait-il dans cette valise ? Il garda le silence un moment, elle écouta les voitures qui passaient. La question n'était pas le contenu de la valise, déclara-t-il, mais qui se chargeait d'aller la chercher. Il y avait dans sa voix un je-ne-sais-quoi de tranchant qu'elle eut l'impression de n'avoir encore jamais entendu.

Avait-il parlé d'elle à Angela ?

Oui...

La réponse sonnait comme une question. Et qu'avait-il dit ? Il dégagea sa main, elle la sentit caresser ses cheveux, elle sentit aussi sa barbe qui piquait quand il l'embrassa dans la nuque. Elle était faite pour cette mission, affirma-t-il de ce ton taquin qu'elle connaissait si bien.

Elle lui demanda combien de temps lui et Angela avaient été ensemble. Il la retourna sur le côté et fit glisser sa main sur le dos de Sonja, sur ses fesses et entre ses cuisses. Elle lui dit qu'Angela avait également parlé de lui. Il lui demanda ce qu'elle avait dit. Elle lui expliqua qu'Angela avait évoqué son divorce, ses filles, son père, sa mère et l'officier américain. Elle n'était pas prête lorsqu'il la pénétra, cela lui fit mal.

Il lui dit qu'il y avait dans le monde des choses plus importantes que ses petits chagrins personnels. Elle répondit que tous les chagrins du monde étaient personnels, parce que c'étaient les gens qui étaient touchés, et seulement lorsqu'un malheur leur faisait mal, à eux. Il répliqua qu'elle n'avait rien pigé. Il haleta. Elle eut l'impression qu'il allait la fendre en deux et, pendant un instant, elle vit la maison où elle avait vécu avec sa mère toutes ces années avant de déménager. Les vitres embuées au petit matin en hiver, le ciment pourri devant la remise, l'intérieur jaune des bûches qui jonchaient le sol autour du billot, avec sa mère vêtue d'un gros pull, cigarette au bec. Elle tressaillait une seconde chaque fois qu'elle avait flanqué un coup de hache dans un nœud qui volait en éclats avec un bruit sec et persistant.

Il jouit rapidement et se laissa retomber sur le matelas. Elle resta sans bouger, le dos tourné. Thorwald dit que c'était pour ça qu'il avait toujours détesté les gens qui priaient Dieu de les aider dans leur détresse. Ce n'était pas parce qu'ils s'adressaient à Dieu. Ce n'était pas parce que les pauvres et les miséreux du monde, dans leurs pauvres têtes miséreuses, n'avaient qu'une vision fausse de Dieu à laquelle se raccrocher. C'était leur égoïsme borné qui les poussait à demander à Dieu de s'occuper d'eux, et d'eux seuls, parmi les millions et les millions de pauvres et de nécessiteux.

S'il y avait vraiment un Dieu, s'Il était vraiment si juste et s'Il aimait tous les hommes sur Terre, pourquoi écouterait-Il davantage les prières d'une personne en particulier ? Comment pouvait-on espérer être l'objet d'une considération particulière quand tant d'autres gens avaient autant de bonnes raisons de croire la même chose ? Qu'est-ce qui poussait donc les gens à se figurer qu'ils méritaient, plus que les autres, de passer devant tout le monde dans la queue, simplement parce que leur douleur personnelle était la seule qu'ils étaient capables de ressentir ? Si Dieu était vraiment partout, comment pouvait-on penser qu'Il ne se permettrait pas d'écouter les prières de toutes les personnes en détresse et de les exaucer toutes sans faire de différence ?

Il ne le pouvait pas, et c'était pour cela que l'on ne pouvait pas confier la justice à Dieu. Et ce n'était pas la seule conséquence. Il serait tout bonnement impossible d'établir la justice tant que l'on considérerait la justice sous un angle personnel. Cette perspective personnelle était en soi injuste car il ne pouvait être question de justice si elle n'était pas valable pour tous. Elle serait valable pour tous si l'on était prêt à oublier ses douleurs personnelles et à se sacrifier pour la lutte. Se sacrifier et, si nécessaire, sacrifier d'autres personnes.

Recourir à la violence n'était pas une fin en soi, mais il survenait des situations où l'on ne pouvait l'éviter, et, dans ces situations-là, il fallait être prêt. Si, par avance, on renonçait à la possibilité d'utiliser la violence, on tombait dans le même piège que ceux qui demandaient à Dieu de s'occuper d'eux en particulier. On réduisait la question de la justice à un conflit personnel entre celui qui recourait à la violence et celui qui en était la victime. Or la lutte pour la justice n'était pas un conflit personnel.

Elle s'était retournée vers lui. Il avait l'air différent dans la lueur des lampadaires, comme s'il était plus jeune. Elle posa la main sur sa joue. Il ressemblait à quelqu'un qui s'était perdu dans ses propres paroles, mais c'était bien plutôt dans celles d'Angela. Elle lui demanda à nouveau si c'était lui ou Angela qui avait eu l'idée qu'elle aille chercher la valise. Il répondit que cela n'avait pas d'importance. Sonja lui répliqua que cela en avait pour elle. Il lui dit que, dans ce cas, elle n'avait rien compris. Elle ajouta qu'elle le ferait volontiers pour lui.

Il la dévisagea un instant avant d'afficher son habituel sourire jovial. Alors, fais-le pour moi, dit-il en l'embrassant.

Elle était sûre que c'était l'idée d'Angela.

Dans le train de Francfort à Munich, elle eut l'impression de se retrouver dans un film. Certes, les décors étaient réels, mais ils appartenaient à une histoire qui n'avait rien à voir avec elle. Ces maisons, ces champs et ces collines qui défilaient et qui étaient brusquement coupés lorsque le train passait dans un tunnel. Elle n'avait encore jamais essayé de porter de perruque et c'était là une sensation étrange, et cela lui faisait presque aussi bizarre de porter une jupe, des bas nylon et des talons hauts. Normalement, elle était en jeans et chaussures basses et ne mettait jamais de rouge à lèvres ni de faux cils.

Elle n'avait pu s'empêcher de pouffer de rire quand Angela avait terminé de l'habiller et de la maquiller, et quand elle s'était regardée dans le miroir. La métamorphose était presque complète, c'était comme de croiser le regard d'une jeune inconnue. Les cheveux noirs coupés à la Jeanne d'Arc, les longs cils et les lèvres rouges lui donnaient des airs de star de cinéma italienne. Angela avait semblé satisfaite, mais, de toute évidence, elle ne trouvait pas qu'il y avait de quoi rigoler. Elle bouscula un peu Sonja et l'aida à enfiler l'imperméable clair qui allait avec son tailleur. Comme une simple soubrette, songea Sonja, mais impatiente et nerveuse. Angela la guida dans l'escalier de service et dans une cour intérieure par laquelle Sonja n'était encore jamais passée. Elles franchirent une autre cour et arrivèrent à une porte qui donnait dans une rue parallèle. Angela lui demanda si elle se souvenait bien de tout et Sonja répéta les instructions comme une élève qui récite sa leçon.

Sur le trajet pour Munich, il se mit à pleuvoir, mais Sonja garda les lunettes de soleil trouvées dans le sac à main, où elle avait également le portefeuille avec le billet, un peu d'argent liquide et des faux papiers d'identité. Angela s'était vraiment donné du mal pour la faire ressembler à la jeune fille de la carte d'étudiant de l'université de Göttingen. Hannah Weil. Sonja ignorait tout d'elle. Visiblement, Hannah Weil avait les moyens de voyager en première classe, ce qui n'était jamais arrivé à Sonja. En outre, Hannah avait l'air d'une demoiselle comme il faut avec son imperméable anglais, son tailleur à carreaux et ses chaussures noires à boucles. Elle reposa la nuque sur la housse blanche de l'appuie-tête et regarda tour à tour les passagers et les gouttes de pluie que le vent faisait glisser sur le côté de la vitre en sillons tremblants.

Derrière ses lunettes de soleil, elle observait les messieurs qui levaient parfois le nez de leurs papiers importants et la regardaient à la dérobée. Ils étaient habillés comme des hommes d'affaires, en costume-cravate avec des chemises blanches ou bleu clair. Le plus jeune paraissait avoir l'âge de Thorwald et elle eut l'impression qu'il la regardait avec plus d'insistance que les autres, sans crainte qu'elle ne le remarque et ne se sente importunée.

Les autres hommes descendirent à Stuttgart et ils se retrouvèrent seuls dans le compartiment. Lorsque le train repartit, quand les passagers qui venaient de monter se furent faufilés dans le couloir, personne ne vint les rejoindre. Au début, le fait qu'il était bel homme lui avait à peine effleuré l'esprit. Peut-être était-ce seulement dû à la monotonie du voyage, mais elle ne put s'empêcher de se laisser aller à ses rêveries. Il donnait l'impression d'être occupé par les documents de son attaché-case ouvert, mais elle ne se trompait pas, il l'observait. Peut-être même plus souvent qu'elle n'en avait conscience, car elle sentait qu'elle était obligée de détourner la tête de temps en temps et de regarder la pluie.

Elle ôta ses lunettes de soleil, inclina la tête en arrière et ferma les yeux. Si elle les rouvrait et soutenait son regard, il trouverait peut-être un prétexte pour lui adresser la parole. Elle ne pouvait imaginer que Hannah Weil parlait avec un accent mais, face à l'inconnu du compartiment, elle n'avait pas non plus besoin d'être Hannah Weil. Il lui était possible d'être une troisième personne tout à fait différente, ils n'auraient pas besoin de connaître leurs noms car ils ne se reverraient jamais. Ils ne seraient rien d'autre que deux étrangers qui finiraient peut-être par passer ensemble deux ou trois heures à Munich, avant de poursuivre leurs chemins respectifs. Il n'aurait même pas besoin de découvrir que ses cheveux noirs n'étaient pas les siens, ou peut-être s'en ficherait-il.

Elle imagina une chambre d'hôtel avec des voilages légers devant les fenêtres ouvertes qui donnaient sur la pluie d'été tombant sur Munich, une ville où elle n'avait jamais mis les pieds. Elle regardait le ciel noir et le voile ondoyant des ondées. Il était derrière elle, elle sentait les poils de sa barbe dans son cou et sa main qui lui serrait les cheveux. Son corps se serait soumis à celui de l'inconnu, et ce, quel que soit son vrai nom, quelle que soit la véritable couleur de ses cheveux. Leur identité, la langue qu'ils parlaient et la ville où ils se trouvaient ne seraient jamais que des éléments fortuits et accessoires. Leurs vrais noms et leurs vraies histoires seraient éclipsés par la réalité où ils pourraient être n'importe qui. Le grondement lointain du tonnerre sur la ville, le souffle frais de la pluie qui agitait les rideaux, la chaleur de la peau de l'autre ne détermineraient pas qui étaient ces êtres enlacés un après-midi, dans une chambre d'hôtel, quelque part en Allemagne. Mais si la réalité des corps et de la pluie était plus forte que celle de leurs noms et de leurs histoires, n'était-elle pas alors encore plus réelle quand son identité à elle n'avait aucune importance ?

Lorsque le train s'arrêta à la gare de Munich, il la laissa sortir la première du compartiment. Elle devina sa présence juste derrière elle dans le couloir étroit et, quand elle avança sur le quai, elle imagina ce qu'il voyait. La silhouette d'une jeune femme, de dos, aux cheveux noirs qui tombaient sur le col ouvert de son imperméable clair. Elle ne le voyait pas, elle ne savait pas s'il était déjà parti dans une autre direction ou si, comme elle, il se dirigeait vers la station de taxis. Elle imagina son regard posé sur elle tandis qu'elle attendait un taxi, dans la file. Elle ne se retourna pas et ne put savoir s'il était là pour la regarder telle qu'elle se voyait par ses yeux à lui.

Elle indiqua l'adresse que lui avait donnée Angela et se tassa sur la banquette arrière tandis que le taxi roulait sous la pluie. Cela représentait une liberté inattendue de se retrouver ainsi avec la carte d'étudiante de Hannah Weil dans son sac, tout en contemplant les boutiques et les immeubles de la ville.

Elle était poussée par des forces invisibles, ces

mêmes forces dont Angela avait été un représentant fortuit, lorsque le hasard avait voulu qu'elle ne se trouve pas à la place de Benno Ohnesorg quand un policier avait tiré un coup de feu lors d'une manifestation contre le shah, en juin 1967.

Elle éprouvait aussi un sentiment de liberté à se retrouver seule. Elle ne l'avait pas été depuis qu'elle avait rencontré Thorwald.

Le taxi s'arrêta devant un musée. Sonja régla la course et entra dans le bâtiment, suivant les instructions reçues. Il y avait une exposition de sculptures américaines modernes. Elle traversa les salles tout en demeurant dans l'expectative, comme convenu. Au centre de la plus grande salle, il y avait un long banc sans dossier. Elle s'y assit et observa les rares visiteurs qui tournaient autour des sculptures avant de poursuivre vers la salle suivante. Elle ignorait qui elle attendait, elle se contenta d'attendre tandis que les minutes s'écoulaient.

En face d'elle, il y avait une construction, de la taille d'un homme, faite de poutrelles en laminé qui formaient le squelette de cubes. Une série verticale de caisses en acier parfaitement identiques était suspendue au mur derrière. Elle tua le temps en lisant le texte accroché au mur qui donnait des explications sur les sculptures. Elle n'y comprit pas grand-chose, mais l'intention des artistes était visiblement de dépouiller les œuvres de la moindre trace de leur personnalité et de supprimer toute ressemblance avec quoi que ce soit. Ils étaient prêts à aller jusqu'au point où il n'était presque plus question d'œuvres d'art. Les choses devaient seulement être ce qu'elles étaient, sans signification ni contenu quelconque, et ils se contentaient donc de formes géométriques simples et réalisées de manière industrielle.

Sonja resta un moment à contempler les photos en noir et blanc des artistes, imprimées à côté des explications sur leurs œuvres. Ils avaient tous l'air inaccessibles, presque hostiles et cela lui fit penser aux photos que la police prend des personnes arrêtées, avec un mur blanc en fond et un numéro sur la poitrine. Ils n'étaient pas tout jeunes, des rides commençaient à marquer le coin de leurs lèvres et de leurs yeux. Elle ignorait ce que ça voulait dire, être un artiste. Mais à quoi pensaient-ils donc quand ils fabriquaient leurs caisses ? Peut-être était-ce pareil que de travailler à la chaîne dans une usine, de faire les mêmes gestes, encore et encore, tandis que la radio passait les morceaux populaires de l'époque. Si jamais ils avaient appris à dessiner et à créer quelque chose de vrai et de ressemblant, s'ils se savaient aussi sensibles, ils avaient presque dû se faire violence pour se conformer à leurs idées esthétiques. Leur manquait-il quelque chose ? S'ennuyaient-ils jamais ?

C'était sûrement sa propre sottise qui lui faisait se poser ces questions. Elle considéra que les deux hommes aux regards distants avaient atteint une forme de conscience plus élevée et plus vraie que la sienne. Comme des pionniers d'un mode de vie entièrement nouveau et différent, où l'on n'aspirait plus à rien, où l'on ne désirait plus rien, où l'on ne cherchait pas à atteindre toujours un ailleurs, mais où, simplement, on était présent, à l'instar de leurs caisses en acier. Juste cela, et rien d'autre. Un monde sans douleur ni illusions de bonheur. Un monde qui se contentait d'exister.

Même si cela n'avait certainement rien à voir, Sonja songea aux paroles d'Angela et de Thorwald. Objectivement, c'était un hasard, et donc accessoire, si Benno Ohnesorg avait reçu dans la tête une balle policière plutôt qu'Angela, et, objectivement, d'après Thorwald, il était impossible de demander à Dieu d'étendre sa main sur soi si, en même temps, Dieu n'était pas prêt à donner un coup de main à tous. Cela n'était pas lié à qui l'on était. Au contraire, il s'agissait d'oublier qui l'on était, jusqu'à ce que cela ne joue plus le moindre rôle. Il fallait prendre congé de soi-même, oui, il fallait être prêt à en arriver là.

Hannah Weil ?

À l'instant où elle se retourna pour voir qui, comme convenu, s'adressait à elle, elle pensa brièvement au sourire détaché du bouddha thaïlandais posé sur le plancher, à côté du matelas de Thorwald. Elle l'avait mis là, comme un témoin impassible de ce qu'ils disaient et faisaient ensemble.

L'homme qui lui avait parlé était à moitié chauve et barbu, ses lunettes rondes à monture en acier avaient glissé sur le bout de son nez. Il portait une veste en velours élimé et répondait très bien à l'idée que Sonja se faisait de l'auteur du texte hermétique qu'elle venait d'étudier. L'homme était nerveux, ce qui l'étonna. Elle, elle était parfaitement calme, mais, d'un autre côté, elle n'était pas elle-même. Pendant quelques heures, elle était Hannah Weil, une personne dont elle ignorait tout, si ce n'est qu'elle était née en 1954 et inscrite à l'université de Göttingen. L'homme balaya la salle du regard avant de lui tendre une petite clef et de s'éloigner rapidement.

Le reste se passa conformément à ce qui avait été fixé. Elle retourna à la gare en bus, trouva la consigne et monta dans le train de Francfort avec une grosse valise en plastique moulé. C'est sûrement ce jour-là que Sonja prit conscience des possibilités offertes par l'utilisation des casiers de consigne, mais elle ne découvrit jamais ce que contenait la valise de Munich. Cette valise était plus lourde qu'elle ne l'avait prévu. À son arrivée à Francfort, elle alla à la cafétéria où elle avait rencontré Thorwald, un dimanche, il n'y avait pas si longtemps. Peu après, un membre du groupe s'assit à la table voisine et lorsque Sonja partit la première, elle laissa la valise. Comme dans un film, songea-t-elle une fois encore. Tout s'était déroulé exactement selon le scénario écrit par Angela. Mais la surprise qui l'attendait figurait-elle aussi dans le script ?

Lorsque Sonja sonna à la porte de l'appartement, personne ne lui ouvrit. Elle sonna plusieurs fois, colla l'oreille à la porte. Silence complet de l'autre côté. Elle s'agenouilla et jeta un coup d'œil par la boîte aux lettres mais, comme elle s'y attendait, elle vit seulement un bout du tapis et une partie de la console surmontée du miroir. Elle resta une heure dans l'escalier puis erra dans le quartier, guettant un visage connu. Elle revint s'asseoir sur le palier, devant la porte de l'appartement silencieux. Elle fut de plus en plus certaine qu'ils l'avaient larguée. Angela en avait sûrement eu l'intention depuis le début, mais Thorwald ? S'était-il lui aussi servi d'elle tant qu'il en avait eu besoin pour la laisser tomber sans même lui dire au revoir ?

Elle fuma une cigarette et écrasa le mégot à côté de ceux qu'elle avait déjà laissés là. Au bout d'une heure, elle entendit la porte de l'immeuble. Quelqu'un montait à pas lents et hésitants. Elle se leva et vit apparaître une vieille dame. Sur le coup, Sonja ne comprit pas ce qu'elle lui demandait. Si elle attendait Frau Grübein ? Sonja reconnut le nom gravé sur la plaque en cuivre de la porte. Elle fit oui de la tête. Dans ce cas, elle risquait d'attendre longtemps, car Frau Grübein était partie en maison de retraite au mois d'avril. Sonja demanda si l'appartement n'avait pas été reloué après le départ de Frau Grübein. La vieille dame secoua la tête tout en dévisageant Sonja de ses yeux larmoyants, et Sonja finit par remarquer la prothèse auditive derrière son oreille.

Alors qu'elle passait la porte de l'immeuble, Sonja songea à sa perruque pour la première fois depuis des heures. Elle l'ôta d'un geste vif, sortit du sac la carte d'étudiant de Hannah Weil et les jeta toutes les deux dans la poubelle de la cour. Elle retira les épingles à cheveux et secoua la tête tout en se demandant si ses affaires se trouvaient encore dans la chambre de Thorwald avec le bouddha thaïlandais. Elle avait également laissé son passeport et le reste du dernier salaire qu'elle avait perçu. Si seulement elle avait eu le bouddha, elle aurait au moins pu le vendre.

Elle avait à peine vingt marks en poche, et aucun papier pour prouver son identité. Cela avait-il de l'importance ? Comme elle ne savait où aller, elle se retrouva dans le quartier autour de la gare. C'était une soirée d'août douce et sombre, et il y avait beaucoup de monde dans les rues. Elle avait son imperméable sur le bras et, tandis que ses pas la guidaient d'une rue à l'autre, elle se dit qu'elle ignorait où elle allait et qu'il n'était pas possible de le savoir. Le simple fait d'être en route, en mouvement, n'était-il pas plus réel que de savoir d'où l'on venait et où l'on allait ? Plus réel que tout ce que l'on avait été et tout ce que l'on aimerait être ? Et si jamais l'on était en mesure d'oublier tout cela ? D'ailleurs, cela était purement fortuit, chaque point de départ et chaque but était interchangeable. Et le fait de marcher au milieu de la foule dans une rue près de la gare de Francfort n'y changerait rien.

Elle entra dans un petit restaurant turc. Peu de temps après, je me retrouverais à errer de la même manière derrière la gare de Copenhague, impatient de me débarrasser de la clef d'un autre casier de consigne. Qui nous étions, qui de nous était qui, cela avait-il de l'importance ? Toutes ces questions que l'on peut se poser quand on est jeune reviennent au fond à se miner, à se ronger soi-même. On demande trop à la fois. On considère tout d'une telle hauteur que l'on finit par faire penser à un astronaute qui, alors qu'il marche dans l'espace, casse l'attache qui le retient à son vaisseau spatial et se perd dans le vide et sa multitude d'étoiles.

Déguisée en étudiante bourgeoise et comme il faut, Sonja erra pendant une nuit. La première partie, elle la passa dans la salle d'attente de la gare jusqu'au départ du dernier train, puis elle fut réveillée par un fonctionnaire qui la pria de quitter les lieux. Elle passa les heures du petit matin sur un banc, au bord du fleuve. Elle ne doutait pas de son identité, en revanche elle n'était sûre de rien d'autre. Elle n'avait pas d'argent pour rentrer, et elle ne pouvait s'adresser au consulat du Danemark sans être obligée de répondre à trop de questions pénibles : où était-elle allée, qu'avait-elle donc fait depuis la fin de son contrat avec sa famille d'accueil ?

Au matin, elle revint à l'appartement pour voir s'il y avait quelqu'un, même si elle savait d'avance que personne ne lui ouvrirait. Elle pensa à Thorwald. Était-ce Angela qui lui avait forcé la main, ou était-il indifférent ? Sonja n'arrivait pas à accepter qu'il l'était peut-être. Elle eut la vision du visage de Thorwald, de la solitude dans ses yeux quand ils faisaient l'amour, de la manière dont, par son regard, il tentait de l'atteindre. Cherchait-il également à atteindre Angela ? Elle attendit dans l'escalier pendant presque deux heures, en écoutant le bruit lointain de la circulation et la radio d'un appartement de l'étage au-dessus. Le volume était à fond, et Sonja songea à la vieille dame. Cette dernière et Frau Grübein avaient peut-être été amies.

Elle retourna à la gare. De toute évidence, c'était là que l'on se retrouvait quand on n'avait plus d'autre endroit où aller. Dans les gares, il était plus facile de dissimuler que l'on n'était chez soi nulle part, du moins tant que l'on était à peu près convenablement habillé. Elle vit les drogués qui traînaient dans le hall des arrivées, tels des elfes avec leurs joues jaunâtres et leurs pupilles dilatées. Elle alla à la cafétéria et acheta un sandwich et un café avec ses derniers sous. Peu après, lorsqu'elle leva le nez du plateau, Thorwald était là, devant elle. Il s'assit sur la chaise en face et lui sourit, comme s'ils étaient convenus d'un rendez-vous.

Elle ne m'a pas tout raconté durant les heures que nous avons passées ensemble dans l'hôtel près de la Gare Centrale. Il y a bien des éléments que j'ai appris seulement des semaines et des mois après nos premières retrouvailles. Sonja Evers, Sonja Hertz... Ce soir-là, je n'imaginais pas que j'allais la revoir encore plus d'une fois.

Nos retrouvailles avaient eu lieu uniquement parce que je l'avais inquiétée en la suivant, et en me manifestant. Quand elle a interrompu son récit et regardé sa montre, j'ai été obligé de me demander si j'avais vraiment envie d'entendre la suite. En outre, elle avait sûrement proposé cette rencontre comme une manière détournée, et un peu désespérée, de me tenir à distance. S'il n'en avait tenu qu'à moi, nous ne nous serions certainement jamais revus. J'étais épouvanté par ce qu'elle m'avait raconté et par ce que je soupçonnais être la suite de son histoire. Devant l'hôtel, lorsque je l'ai vue disparaître au coin de la rue, je me suis dit que c'était mieux ainsi.

Cependant, j'allais continuer à penser à elle et à me dire que cette pensée était quelque chose que je devais cacher à ma femme. Depuis notre première rencontre, il s'était passé tant de choses plus importantes dans ma vie, je ne comprenais pas pourquoi une passion aussi ancienne, aussi brève et inaboutie pouvait à nouveau me travailler ainsi. En même temps que mon malaise n'avait fait que croître à mesure que Sonja me racontait son histoire, il m'avait été de plus en plus difficile d'ignorer que nous étions assis sur le même lit, dans un hôtel, séparés seulement par les plateaux roses sur lesquels étaient posés les restes d'un dîner thaïlandais. Sonja était pour ainsi dire à portée de main après toutes ces années, mais son histoire s'interposait entre nous. Par instants, j'oubliais que c'était pourtant la raison de cette rencontre.

Je suis resté un moment dans la voiture, après l'avoir garée et avoir coupé le contact. Il y avait de la lumière aux fenêtres qui donnaient sur la rue et je distinguais quelques meubles de notre salon. Peut-être ma femme était-elle en train de regarder la télévision, ou peut-être avait-elle oublié d'éteindre la lumière quand elle s'était couchée. Sonja devait être rentrée chez elle maintenant. Elle était sûrement déjà aux côtés de Jacob Hertz, qui ne se doutait de rien.

Elle ne lui avait jamais parlé de son séjour en Allemagne, cet été où elle avait vingt-deux ans.

Leur maison ne différait guère de celle aux fenêtres éclairées que je contemplais de ma voiture. Leurs vies étaient-elles tellement différentes ? J'ai songé à ce que Sonja m'avait confié, ce dégoût qu'elle avait autrefois ressenti face à la perspective d'une existence faite de mouvements répétés dans des circuits fermés. Du lever au dîner, de la maison au travail, de l'été à l'hiver. Il était tard et j'étais fatigué quand j'ai refermé la porte de la maison, je ne parvenais pas à faire la différence entre l'inquiétude que m'inspirait l'histoire de Sonja et celle que je nourrissais à l'égard de Sonja. Nous avions passé ensemble une soirée en marge de sa vie, en marge de la mienne. Était-ce donc un lieu où nous aimerions retourner ?

Au bout de quelques jours à peine, cette question s'est estompée comme un reflet indistinct dans un recoin de ma conscience. Mais que m'étais-je imaginé ? Nous nous étions seulement effleurés, en passant, un été, et je n'avais aucune raison de m'intéresser à ce qui lui était arrivé à Francfort, quinze ans plus tôt. Selon toutes les apparences, elle avait de bonnes raisons d'oublier cette période. J'ai donc été surpris quand, quelques semaines plus tard, elle m'a téléphoné au bureau. C'est devenu un rituel, elle appelait, nous nous rencontrions.

Ni le mari de Sonja ni ma femme n'ont eu le

moindre soupçon. Si nous avions eu une liaison, elle aurait pu durer indéfiniment. Nous nous voyions une heure ou deux, à plusieurs semaines d'intervalle, sur un banc à l'écart dans un parc, ou dans un café d'un centre commercial. Parfois, nous restions dans sa voiture, sur un parking. Souvent, elle demeurait silencieuse à regarder le cadre anonyme de nos rencontres volées. Même au bout de plusieurs mois, nous ne savions presque rien de nos existences d'adultes. Nous restions à l'écart dans nos mondes respectifs, et elle avait vécu comme si elle n'avait rien à voir avec les événements auxquels elle avait été impliquée autrefois. Mais comme j'étais venu la déranger dans sa sphère, elle avait eu besoin de trouver un endroit où se débarrasser de l'histoire qu'elle avait portée seule pendant tant d'années. C'est l'impression que j'ai eue. Elle la déposait, comme on met un sac plastique à la consigne de la Gare Centrale.

Peut-être le côté modeste et marginal de mon rôle expliquait-il pourquoi j'étais le seul à qui elle avait raconté son histoire. Le seul qui savait ce qui s'était passé entre le moment où elle avait retrouvé fortuitement Thorwald à la gare de Francfort et celui où elle était apparue à mon comptoir de réservation des hôtels, à la Gare Centrale de Copenhague, quelques jours plus tard.

Thorwald déclara qu'il l'avait cherchée. Elle ne le crut pas, même si elle en avait tellement envie en le voyant ainsi, face à elle. Elle s'apitoya sur elle-même en pensant à la manière dont elle avait erré dans les rues, seule, et elle avait envie de croire qu'il l'avait cherchée dans les endroits où l'on pouvait imaginer qu'elle se rendrait. De toute évidence, c'était probablement un hasard s'il était entré dans la cafétéria de la gare au moment précis où elle s'y trouvait. Mais pourquoi n'était-il pas reparti avant qu'elle ait une chance de l'apercevoir ? Elle lui demanda ce qu'ils avaient donc cru, Angela et lui. Il la regarda d'un air perdu avant de répondre qu'il avait pensé qu'elle était rentrée au Danemark.

Elle essaya de se représenter la situation, telle qu'il la voyait, lui. C'était elle qui l'avait abordé, lui, un type parfaitement inconnu, alors qu'elle s'ennuyait. Il l'avait ramenée dans sa bagnole, elle l'avait invité à piquer une tête dans la piscine de bourgeois friqués. Quand elle avait été flanquée à la porte par la femme de ménage, il lui avait offert un coin où dormir. Mais c'était sa responsabilité à elle s'ils avaient fini par dormir sur le même matelas, si elle s'était incrustée parce qu'elle ne savait que faire d'elle-même. Personne ne lui avait demandé de fouiner dans tous les coins, et ils auraient dû lui dire de décamper quand elle avait trouvé le pistolet. Au lieu de cela, on lui avait permis de se rendre utile, puisqu'il lui fallait absolument fourrer son nez dans des affaires qui ne la regardaient pas.

Elle lui demanda pourquoi il n'y avait personne à l'appartement. Il lui dit qu'ils l'avaient abandonné. Elle lui demanda qui était Hannah Weil. Il la dévisagea un instant avant de hausser les épaules. Il n'en avait pas la moindre idée. Il arrivait que des gens leur confient leurs papiers d'identité. Qui ? Il sourit. Des sympathisants. Comme elle ? Oui, on pouvait dire ça. Le problème, c'est qu'elle savait à peine avec qui elle sympathisait, et avec quoi. Il sourit à nouveau. Cela valait mieux.

Il était assis en face d'elle, légèrement penché en avant, les coudes sur la table et, mue par une impulsion soudaine, elle le prit par ses joues mal rasées et l'embrassa. Il ne résista pas, mais il ne répondit pas non plus à son baiser, il se contenta de la regarder en souriant. Elle se dit que son éternel sourire de gamin avait dû constituer sa manière d'éviter les choses et de s'esquiver au fil des ans, comme s'il avait savonné sa solitude pour que personne ne puisse sérieusement la saisir et la rompre. Angela l'avait-elle entamée ? La mère de ses filles l'avait-elle supportée jusqu'au jour où elle en avait eu assez et l'avait mis dehors ? Oui, il restait là à la dévisager, à croire qu'il s'y était longtemps exercé. À soutenir ainsi le regard des gens de sorte qu'ils ne pouvaient le percer à jour, parce que tout ce qu'ils voyaient n'était qu'un miroir aimable et passif.

Elle retira une de ses chaussures, tendit le pied sous la table et coinça ses orteils entre les cuisses de Thorwald. Elle se dit qu'il ne serait jamais venu à l'esprit de Hannah Weil de faire une chose pareille. Il continua de soutenir son regard tandis qu'elle le massait avec ses orteils. Il finit par réagir. Il ne put s'empêcher de regarder alentour pour voir si on les observait. Il saisit le pied de Sonja et le reposa par terre, et l'on aurait dit que son regard se métamorphosait. Elle eut l'impression de retrouver l'expression qu'il avait lorsqu'elle le chevauchait, comme s'il se trouvait dans une situation exposée et risquée.

Emmène-moi avec toi, dit-elle. Il répondit que ce n'était pas possible. Rien que pour cette nuit, répliqua-t-elle. Et c'est seulement après avoir prononcé ces mots qu'elle comprit qu'elle implorait un homme trop vieux pour elle et qui avait déjà démontré une fois qu'elle ne signifiait rien pour lui.

Comme d'habitude, elle ne reconnut pas la voiture. Il ne dit rien quand ils sortirent de la ville et continuèrent par des rocades successives. Elle le regardait en biais, à la lueur vacillante des lampadaires le long de l'autoroute. Elle lui demanda où ils allaient. Vers le Nord, répondit-il. Elle lui demanda s'ils en avaient pour longtemps. Environ deux heures, répliqua-t-il en lui adressant un bref coup d'œil. Cela te fera ça de moins pour rentrer chez toi, ajouta-t-il. Elle lui demanda ce qu'il allait faire dans le Nord. Il ne répondit pas. Et Angela, où était-elle ? Angela serait-elle là quand ils arriveraient sur place ? Il ôta la main du levier de vitesses et la posa sur le genou de Sonja. Non, répondit-il avant d'allumer la radio.

Elle ne lui posa plus de questions, satisfaite de sa réponse, de rouler sur l'autoroute, de nuit, avec sa main sur son genou. Elle était contente de ne pas savoir où ils allaient. Ils écoutèrent Radio Luxembourg, elle reconnut la voix du speaker anglais qu'elle avait si souvent entendue le soir, dans sa chambre du Vestjylland, alors qu'elle aurait dû être en train de faire ses devoirs. Cela l'apaisa d'être à côté de Thorwald, d'être en mouvement tout en écoutant les chansons qui s'enchaînaient, et elle s'assoupit dans son siège, fatiguée d'avoir tant marché, d'avoir tant erré, sans but.

Quand elle se réveilla, elle dut plisser les yeux sous la lumière crue de l'auvent de la station-service où ils s'étaient arrêtés. Thorwald revint s'asseoir à côté d'elle. Ils empruntèrent une nationale bordée de vieux arbres qui fonçaient vers eux et s'écartaient, gris et immobiles dans les phares de la voiture. Ils traversèrent quelques villages où il y avait encore de la lumière aux fenêtres, puis il n'y eut plus que la nuit et la route, jusqu'à ce que Thorwald ralentisse soudain et tourne dans un chemin de terre qui traversait un bois. Il y avait quelque chose d'étrange à écouter Radio Luxembourg au milieu du bois plongé dans le noir. Elle se sentit encore plus éloignée du monde où il y avait des voitures, des radios et des studios où, même la nuit, des speakers enchaînaient les morceaux d'une voix enthousiaste.

Thorwald tourna une nouvelle fois et un grand bâtiment avec des volets à toutes les fenêtres surgit au milieu des arbres. La voiture traversa une cour et Thorwald la fit entrer dans une bâtisse en bois qui rappelait une grange, et où l'on avait déjà garé une camionnette. Sonja avait les jambes engourdies quand elle descendit de voiture. Thorwald ferma la porte de la grange et lui montra le chemin avec une torche électrique. Ils se dirigèrent vers le bâtiment où un perron menait à l'entrée principale. Il poursuivit jusqu'au coin, et jusqu'à l'entrée d'une cave sur le côté de la bâtisse. Elle lui tint la main quand il descendit en premier. La porte de la cave était entrouverte, il l'écarta et éclaira un couloir étroit aux murs enduits de chaux, avec des tuyaux de chauffage qui couraient au plafond. Au passage, les toiles d'araignée invisibles lui firent l'effet de caresses légères et poisseuses.

Au bout du couloir, il y avait un autre escalier aux marches grinçantes, puis une grande salle où, pour commencer, elle ne sut comment s'orienter. La lampe de Thorwald passa en tremblant sur un placard aux poignées en porcelaine, sur un coin de table en acier inoxydable et les supports en fonte des brûleurs d'une énorme cuisinière. Il posa la torche pendant qu'il allumait une lampe à pétrole. Elle regarda autour d'elle dans la grande cuisine. C'était un ancien sanatorium, lui expliqua Thorwald. Pour des enfants infirmes, ajouta-t-il avec un sourire. Il lui dit d'attendre et sortit de la cuisine. Elle entendit sa voix résonner dans les salles vides. Elle ne saisit pas le nom qu'il criait. Elle avait cru qu'ils seraient seuls.

Peu après, elle entendit revenir ses pas et, un instant, elle fut éblouie par la torche. Elle lui demanda qui il avait appelé. Il lui tournait le dos, appuyé à un gros réfrigérateur. Soudain, il y posa les deux mains et le fit basculer. Le frigo tomba avec vacarme. Sonja s'approcha de Thorwald et posa la main sur son épaule. Il était censé conduire la voiture, dit Thorwald. Qui ? demanda-t-elle. Cela n'avait pas d'importance. Peut-être était-il seulement parti faire un tour ? Thorwald ricana. Je sais conduire, dit-elle. Il se tourna vers elle. Elle ne savait vraiment pas de quoi elle parlait. Sonja lui prit la main et la posa sur sa joue. Mais c'était bien le but recherché, pas vrai ?

Il la précéda avec la lampe à pétrole à travers une succession de salles vides. Dans ce qui avait sûrement été la salle à manger, il y avait les habituels matelas à même le sol et elle reconnut des vêtements d'Angela. La valise de Sonja était posée sous une des hautes fenêtres aux volets clos. Elle fut tellement contente de la voir que, pendant un instant, elle y vit le signe qu'ils n'avaient tout de même pas eu l'intention de se débarrasser d'elle. Ils s'assirent par terre, il lui tendit une cannette de bière tiède et un paquet de biscuits au chocolat. C'était tout ce que la maison avait à offrir, déclara-t-il avec un petit sourire. Il n'ajouta rien.

Ils étaient adossés au mur et fumaient. Elle posa la tête sur son épaule et dit que c'était bien qu'il l'ait retrouvée. Il écrasa sa cigarette sur le parquet abîmé. C'était idiot, dit-il, idiot de la mêler davantage à tout ça. Tu es trop petite, ajouta-t-il presque avec tendresse. Elle lui demanda où était Angela. Quelque part dans les parages. Elle voulut savoir ce qui allait se passer. Il lui fit signe de se taire et elle pensa qu'il avait entendu quelque chose, mais il n'y avait aucun bruit dehors. Le silence était identique à l'extérieur et dans le bâtiment, de même que l'obscurité, où la lueur de la lampe à pétrole formait un cocon fragile d'intimité perdue.

Et celui qui devait conduire, pourquoi n'était-il pas là? Il est sûrement au ciné, répliqua Thorwald d'un ton méprisant. Elle répéta qu'elle pouvait conduire à sa place. J'ai mon permis, ajouta-t-elle, en regrettant immédiatement ses paroles puériles. Il la saisit par la nuque et serra, pas trop fort, et la dévisagea d'un air grave. Laisse-moi t'aider, dit-elle. Il la lâcha et regarda devant lui.

Elle se leva et ouvrit sa valise. Toutes ses affaires étaient là, même le bouddha volé. Elle le posa devant la lampe et l'on aurait dit qu'il regardait la flamme sous ses paupières baissées et dorées. Thorwald observa Sonja quand elle ôta les vêtements de Hannah Weil et les laissa tomber sur le sol poussiéreux. Une fois entièrement nue, elle s'approcha de lui, et le visage de Thorwald se retrouva à hauteur de son basventre. Ils firent l'amour, parfois avec violence, parfois avec douceur, comme si quelque chose se jouait d'eux et les faisait passer d'un extrême à l'autre. À un moment, elle découvrit qu'il pleurait sans bruit dans ses bras.

Il dormait quand elle se réveilla en se demandant où elle était. Son seul point de repère était le corps de Thorwald à ses côtés, puis elle devina la lumière grise derrière les volets. Elle alla jusqu'à une porte-fenêtre du milieu, l'ouvrit et poussa les volets. Il y avait de la brume derrière la balustrade qui séparait la terrasse du parc envahi par les broussailles où pointaient les hauts arbres. Elle descendit les marches, avec prudence, car les marches étaient en partie vermoulues. La fraîcheur humide l'éveilla pleinement et elle pensa qu'elle n'avait pas pris de bain depuis plusieurs jours. Elle s'avança jusqu'à un gros arbre aux branches basses, elle en secoua une et la rosée dégoulina sur ses épaules, sa poitrine et son ventre. En se retournant, elle aperçut deux cerfs qui se tenaient dans les hautes herbes, non loin, et qui la regardaient, oreilles dressées, aux aguets. Puis ils disparurent entre les arbres.

Quand elle remonta l'escalier, Thorwald apparut sur la terrasse, déjà habillé. Ils n'avaient pas beaucoup de temps, dit-il en lui tendant des clefs de voiture. Il ne l'embrassa même pas. On aurait eu du mal à croire qu'ils avaient passé la nuit à faire l'amour, serrés l'un contre l'autre. Il déplia une carte sur la balustrade et pointa du doigt. Nous sommes là. Tu m'attendras ici à 11 h 15 précises. Il ne la quitta pas des yeux. Elle se pencha sur la carte pour voir l'endroit sous son ongle noir. C'était au milieu d'une route secondaire entre deux villages. Une clairière, expliqua-t-il, où un chemin conduisait à travers la forêt. Il lui faudrait entre quinze et vingt minutes pour aller là-bas. Elle devait arriver au plus tôt cinq minutes avant l'heure convenue. Il lui fallait se garer pour que l'on ne voie pas le véhicule. Le capot vers la route et le moteur au ralenti. Avait-elle bien compris ? Elle acquiesça, et il lui tapota une fesse, un geste qui semblait déplacé.

C'est seulement quand il rentra qu'elle commença à se rendre compte qu'il était nerveux. Elle le suivit, mais il était déjà dans la cuisine. Elle l'appela, il n'était pas là. Elle resta devant l'escalier qui descendait à la cave, elle entendit ses pas dans le couloir, la porte grincer à l'autre bout, le silence, puis, peu après, le bruit d'un moteur. Elle courut jusqu'à une fenêtre de la cuisine et parvint à apercevoir la camionnette entre les lames du volet avant qu'elle ne disparaisse.

À quoi pensa Sonja pendant ces heures qu'elle passa seule dans le sanatorium abandonné ? Elle l'a oublié, mais elle se sentit encore plus seule que lorsqu'elle avait erré dans les rues autour de la gare de Francfort. Avait-elle commencé à comprendre dans quoi elle s'était fourrée ? Dans ce cas, lui est-il venu à l'esprit qu'elle pouvait encore s'en dépêtrer et laisser la voiture devant la première gare de province venue ? Quand je lui ai posé la question, elle m'a répondu non. Même si elle s'était sentie trahie lorsque Thorwald s'était contenté de lui mettre la main aux fesses avant de s'en aller, il ne lui était pas venu à l'esprit qu'elle aussi pouvait le trahir. Elle n'avait pas pensé que c'était parfaitement possible et aussi légitime que de suivre les instructions reçues.

Elle rangea le bouddha dans un sac plastique et déposa sa valise dans la voiture garée dans la grange. Puis elle se mit au volant et regarda l'horloge sous le compteur. Elle avait presque dix minutes d'avance par rapport à sa montre. À laquelle devait-elle se fier ? Elle décida qu'il valait mieux arriver en avance, malgré tout.

Le reste est vite raconté. Il lui fut plus facile que prévu de trouver la route secondaire entre les deux villages et la clairière où se trouvait effectivement un chemin qui s'enfonçait dans la forêt. Elle recula et laissa tourner le moteur. Elle attendit. À onze heures trente-cinq, la camionnette apparut sur la route. Thorwald se rangea à côté d'elle. Il bondit du véhicule avec Angela, chacun avec un sac de sport. Thorwald poussa Sonja sur la banquette arrière. Ils ne dirent pas un mot tant qu'ils foncèrent sur la petite route, puis sur la nationale que Sonja avait empruntée pour venir, sauf quand Angela lui demanda de lever le pied. Thorwald était livide et regardait fixement la chaussée.

Lorsqu'ils arrivèrent à une petite ville, Angela se retourna vers Sonja et lui tendit une poignée de billets, un sac plastique Karstadt et un bout de papier avec un numéro de téléphone. Elle devait rentrer à Copenhague, descendre à l'hôtel et appeler le numéro du papier quand elle serait sur place. Sonja baissa les yeux sur les liasses entassées dans le sac. Prends-en bien soin, dit Angela en souriant.

Thorwald s'arrêta sur la place devant la gare, mais il resta au volant. C'est Angela qui descendit pour aider Sonja à ouvrir le coffre et à ranger le sac plastique dans sa valise. Elle le fit calmement, ouvertement, comme s'il s'agissait d'un sac de linge sale. Thorwald évita son regard quand Angela la serra dans ses bras, comme si elles étaient deux sœurs qui se disaient au revoir après un week-end prolongé. L'instant d'après, ils étaient partis, Sonja prit sa valise et entra dans la gare. Le soir même, elle arrivait à la Gare Centrale de Copenhague.

Voilà ce qui se produisit ensuite après notre première rencontre : quelques heures plus tard, elle passa un coup de téléphone de l'hôtel où je lui avais trouvé une chambre, elle appela en Allemagne le numéro qu'Angela lui avait donné. Un inconnu répondit, il ne se présenta pas. Elle entendit des bruits de voiture à l'arrière-plan, comme si elle avait appelé une cabine téléphonique. Elle se rappela alors les fois où elle avait attendu Angela devant une cabine. L'homme déclara qu'elle devait se tenir tranquille pendant quelques jours et attendre de nouvelles instructions. Il lui demanda où il pouvait la joindre et elle lui donna le numéro de l'hôtel.

Le lendemain, elle acheta les journaux allemands qu'elle put trouver, elle feuilleta les pages des nouvelles locales et trouva ce qu'elle cherchait. Elle me dit qu'elle avait eu l'impression de sortir d'un rêve fou. Mais, sur le coup, elle avait eu du mal à établir un lien entre ce rêve et le compte rendu laconique qu'elle lisait dans les journaux.

Un homme et une femme, masqués et armés de pistolets-mitrailleurs, avaient attaqué une banque dans un village non loin de Wuppertal. Le vol s'était produit tout de suite après l'ouverture de la banque et il n'y avait qu'un client, un vieux monsieur cité dans l'article et qui disait que les braqueurs s'étaient montrés calmes, presque polis. Au moment précis où ils allaient s'enfuir, une voiture de patrouille était passée devant la banque. Le policier, qui était seul, avait sorti son pistolet et hélé les voleurs. L'un d'eux avait tiré sur le policier, qui était mort sur le coup.

Le véhicule des fuyards était une camionnette immatriculée à Cologne dont le vol avait été déclaré la veille. On l'avait retrouvée dans une forêt, à sept kilomètres des lieux du crime. On n'avait encore aucune trace des voleurs mais, selon le porte-parole de la police, on partait de l'hypothèse qu'ils étaient liés à la Rote Armee Fraktion.

Sonja quitta l'hôtel le jour même. Le soir, elle s'arrêta au milieu du Langebro et, après s'être assuré que personne ne la voyait, elle jeta le bouddha thaïlandais dans les eaux du port. Elle passa quelques jours dans un autre hôtel, jusqu'à ce que soit épuisé l'argent que lui avait donné Angela. Elle me dit qu'elle avait repris contact avec moi parce que nous ne nous connaissions pas. Réflexion faite, j'étais la seule personne qui ne savait rien d'elle, et qui ne poserait donc pas de question.

Bien entendu, Sonja Evers n'est pas son vrai nom, et elle ne s'est jamais appelée Sonja Hertz. C'est un peu comme lorsque les journaux disent que les noms des personnes ont été changés par la rédaction. Maintenant, on comprendra donc peut-être pourquoi je n'en ai pas dit davantage sur elle, et pourquoi il ne m'est pas possible de donner plus de détails sur sa vie, ou sur la mienne.

Elle est restée avec l'homme que j'ai appelé Jacob Hertz, tandis que j'ai divorcé un an après avoir revu Sonja. Du reste, il n'y a rien de sensationnel à raconter, ni dans sa vie ni dans la mienne, et le lecteur ne va rien rater de ces choses dont il pourrait parler lui-même. La plupart du temps, la vie est très banale, surtout si l'on a passé la majeure partie de son existence dans l'incommensurable normalité discrète de la banlieue. Je ne cherche pas à faire de l'ironie. Je me sens chez moi dans les rues bordées de villas silencieuses où même les tragédies sont domestiques. Si l'on veut, ces rues sont mon monde, et je n'en veux pas d'autre, car, dans ce cas, je ne vois pas ce qu'il serait.

Même si elle ne m'a jamais parlé ouvertement de son mariage, j'avais l'impression que ce n'était pas le grand amour, mais, là, je prenais peut-être mes désirs pour des réalités. De toute manière, elle n'a jamais fait montre d'un tempérament particulièrement romantique. Ce n'était pas son genre, son inquiétude était d'une nature plus froide. Plus ample, plus complète que la mienne, mais en même temps dénuée d'illusion. La vie commune avec Jacob Hertz était devenue un refuge, c'est du moins mon avis, et ce n'est pas une mauvaise raison pour vivre avec quelqu'un si, comme elle, on a cheminé dans l'existence avec le sentiment muet d'être mise au rebut.

Toutefois, cela fait longtemps qu'elle s'était trouvée dans le bus, en train de traverser Francfort et qu'elle avait lu le slogan tracé sur le mur : ES MUSS ALLES ANDERS WERDEN. Entre-temps, tout est devenu plus uniforme, et plus personne ne parle de changer radicalement la société. Même Angela et Thorwald, et leurs modèles de la prison de Stammheim ont fini par oublier à quoi devaient servir la clandestinité et les meurtres occasionnels de représentants du système. C'était il y a longtemps. Permettez-moi de vous rappeler brièvement quelques événements qui se sont produits l'année où j'ai rencontré Sonja.

Un soir de début septembre, quelques semaines après le retour de Sonja à Copenhague, le président du patronat allemand rentrait de son bureau à sa résidence à Cologne, escorté par une voiture de police banalisée. Peu avant l'arrivée, le chauffeur de Hanns Martin Schleyer a dû freiner brusquement, la route étant bloquée par une poussette et une Mercedes. La voiture de police a percuté le véhicule de Schleyer et, au même instant, cinq personnes masquées ont surgi et ouvert le feu avec leurs armes automatiques. Lorsqu'elles ont disparu avec Schleyer, son chauffeur et trois policiers avaient été tués.

Un mois et huit jours plus tard, un avion de la Lufthansa a été détourné entre Majorque et Francfort, et forcé de se poser sur l'aéroport de Rome. Les pirates de l'air et les ravisseurs de Schleyer exigent que les détenus de Stammheim soient libérés et puissent quitter l'Allemagne pour un pays de leur choix. Au bout de quatre jours, l'avion de la Lufthansa a été pris d'assaut par des forces spéciales allemandes sur l'aéroport de Mogadiscio.

Le lendemain, Andreas Baader, Gudrun Ensslin et Jan-Carl Raspe ont été trouvés morts dans leur cellule. Le jour suivant, le journal *Libération* a été informé que le corps de Hanns Martin Schleyer se trouvait dans le coffre d'une Audi verte garée dans une rue de Mulhouse. Schleyer avait été tué de trois balles dans la tête. On a trouvé de l'herbe dans sa bouche et les enquêteurs de la police ont établi qu'il avait été forcé de s'agenouiller et qu'il était tombé face contre terre après avoir été abattu.

Quand je relis les journaux de l'époque, je ne parviens pas à comprendre que j'ai été le contemporain de Hanns Martin Schleyer et d'Andreas Baader. Lorsque nous nous sommes retrouvés, Sonja n'avait pas non plus l'impression d'être la même personne qu'à cette époque-là. Quinze ans plus tard, les événements de la fin des années soixante-dix paraissaient lointains et incompréhensibles, comme si nous n'avions pas comblé le fossé qui nous séparait de ce qu'avaient été nos existences respectives. Mais au moment même où ils avaient été commis, ces actes, par leur réalité crue, semblaient déjà surgir de l'abîme. Je ne comprenais pas comment des personnes, qui n'étaient guère différentes de moi, avaient été capables de faire preuve du sang-froid et de la brutalité nécessaires. Sonja ne le comprenait pas non plus, même si elle les avait côtoyées de près.

Je ne m'étais pas attendu à la revoir après nos rendez-vous furtifs dans des parcs et des parkings souterrains. Elle a tout simplement cessé d'appeler, les semaines se sont muées en mois, et je n'ai pas pris contact avec elle. J'étais choqué par ce qu'elle avait raconté et j'énumérais tous les moments où elle aurait pu laisser tomber. J'étais bien obligé de me demander si elle était vraiment aussi naïve et faible que cela. Elle s'était sûrement posé les mêmes questions, mais en quoi est-ce que cela me regardait? C'était une histoire que j'avais frôlée de manière fugace et accidentelle, et elle ne me concernait pas. Pourtant, j'ai souvent pensé à elle au cours des mois suivants. Je suis devenu distrait et absent, et ma femme a commencé à le remarquer, mais c'est tout autre chose qui a été le déclic.

Nous avions éludé la question des enfants, tant nous étions chacun pris par notre travail. Nous étions ambitieux, nous avions tous deux des postes de direction et l'on peut dire que nos carrières nous avaient dépassés. Ma femme et moi avions la quarantaine, la possibilité d'avoir des enfants allait bientôt s'évanouir et, un soir, elle a mis le sujet sur le tapis après l'avoir laissé en sommeil pendant des années. J'aurais pu répondre immédiatement, mais j'ai hésité, et je crois que mon hésitation l'a blessée davantage que ma réponse molle et évasive. Cette hésitation a seulement duré quelques secondes et, dans l'absolu, il n'y avait pas de quoi en faire un drame, mais j'ai vu sur son visage que mon silence ouvrait un précipice autour d'elle, où, à sa grande surprise, elle se retrouvait totalement seule.

Mis à part ça, cela n'aurait guère pu aller mieux. C'est ce que m'a dit un de mes amis après mon divorce, et il avait raison. Nous avions été trop jeunes pour participer à la fameuse contestation, mais nous avions grandi dans le sillage de celle-ci, et nous ne nous sentions ni encroûtés ni rangés. On n'est pas une personne plus mauvaise parce que l'on a deux voitures, tant que l'on sait qu'il y a des choses plus importantes dans l'existence — et qui ne le sait pas ? Nous étions heureux, nous nous parlions toujours et notre vie sexuelle ne posait pas de problème. Nous habitions un endroit agréable, nous pouvions partir où nous en avions envie sans être obligés d'aller dans une auberge de jeunesse, et il n'y avait personne pour nous dire ce qui clochait dans notre façon de vivre. Du reste, qui aurait pu le faire ? Fidel Castro ? Le dalaï lama ? Thorwald et Angela ?

Nous aurions dû avoir des enfants avant que la question ne reste trop longtemps en suspens entre nous. Quand ai-je compris que c'était une question qui nous éloignait, alors qu'elle aurait dû nous rapprocher ? Qu'il y ait un lien ou non, je n'ai pas pu m'empêcher de penser que tout cela est arrivé après que j'ai retrouvé Sonja, par hasard, et que j'ai commencé à la revoir sans que personne ne le sache. Nos rendez-vous se passaient en tout bien tout honneur, pourtant ils me laissaient un sentiment d'infidélité. Je crois que je me serais senti moins infidèle si nous avions couché ensemble une fois ou deux avant de repartir gentiment chacun dans son coin. Ce n'est pas Sonja qui m'a fait m'arrêter dans ma vie, ce n'est pas elle qui m'a fait hésiter. C'est plutôt ce qu'elle véhiculait. Comme lorsque, en hiver, une personne entre dans la pièce et, pendant un instant, apporte avec elle tout le froid de la neige.

Même si elle avait changé, elle était un envoyé du passé, avant que je sois celui que je suis devenu. À cette époque, j'avais un autre tour de taille, je lisais des bouquins toute la nuit et je n'avais pas encore trouvé la faille dans la société par laquelle je pouvais me glisser afin de m'insérer dans l'ensemble. Sonja me rappelait-elle la liberté ? Non, pas la liberté. Ma liberté était plus limitée alors, à la fois trop abstraite et trop indigente. Il ne s'agissait pas de la liberté, mais de quelque chose pour lequel je n'avais pas de mot. Ce n'était ni la liberté ni ma jeunesse, que je n'ai jamais regrettée car, pendant de longues périodes, elle avait été tellement solitaire et fatiguée. Plutôt quelque chose dans le genre de ce que l'on sous-entend lorsque l'on dit qu'il doit y avoir autre chose. Quelque chose de différent. Oui mais, de quoi ? Du quotidien. Autre chose que ce qui se présente à la première occasion, que ce qui est immédiatement utile. Que le purement matériel. Que la perspective limitée du cadastre et du code postal.

Je ne souhaitais pas retrouver les aspirations creuses de ma jeunesse, mais le souvenir de cette époque mettait sous un jour cruel mon présent dénué de rêves. Quelque chose dans l'histoire de Sonja semblait me contempler de là-bas avec le regard indifférent de mon moi d'autrefois.

Peut-être du quai de la gare de Klampenborg où elle avait disparu avec le train de banlieue. Sonja m'avait rappelé un sentiment de candeur et d'ouverture d'esprit. Tout passait sans entrave dans ma personne dégingandée, sans parti pris et sans défense. Ce sentiment profond d'être en transit, pas encore écrasé par ces choses aussi encombrantes que sont une histoire personnelle, une personnalité, une identité. C'était aussi impalpable que la sensation qu'on éprouve, par un matin d'hiver au ciel d'un bleu dégagé, au moment où l'on emplit ses poumons d'un air chargé de givre.

Peu après, un dimanche matin, ma femme était dans la cuisine en train de presser des oranges et elle m'a demandé s'il y avait une autre femme dans ma vie. Je lui tournais le dos. J'ai répondu oui avant de me retourner et de recevoir un verre de jus d'oranges fraîchement pressées en pleine figure. Ça sera plus commode, ai-je pensé en enlevant les bouts de pulpe dans le coin de mes yeux. En tout cas, cela aurait été bien plus difficile si elle s'était mise à pleurer. Mais pourquoi ai-je menti? Pour que tout soit plus commode pour nous deux.

Aucun de nos amis ne m'aurait compris si je n'avais pas menti. Mais ceux qui gardaient le contact avec nous deux ont commencé à se demander pourquoi je ne leur présentais pas la femme que j'avais rencontrée. Peu à peu, j'ai senti l'aura du pauvre type qui planait sur moi.

J'avais été un peu trop vif à la détente, je m'étais précipité pour tout chambouler. Je me suis mis à les éviter afin de ne pas avoir à m'expliquer et, les années suivantes, ma vie a été plus solitaire, plus proche de ce qu'elle était lorsque je faisais mes études tout en travaillant le soir au comptoir de réservation des hôtels de la Gare Centrale.

Quelques années plus tard, Sonja m'a rappelé brusquement. Plus rien ne m'empêchait de l'inviter chez moi, j'ai pourtant accepté le même type de rendez-vous furtif qu'autrefois. Ses cheveux avaient retrouvé leur couleur châtain, avec quelques rares mèches grises. Mais elle avait changé. J'ai trouvé qu'elle avait plus changé au cours de ces quelques années que durant les quinze ans qui s'étaient écoulés entre 1977 et nos premières retrouvailles. Les traits de son visage étaient plus marqués, ses yeux semblaient plus grands.

Elle était assise à une table dans un coin du pub où elle avait fixé notre rendez-vous. C'était un de ces bistrots traditionnels, avec une décoration dans des teintes marron, sur une rue lourdement fréquentée, peu avant l'autoroute du Nord. *Polar Bodega*. Encore un endroit où, normalement, aucun de nous n'aurait jamais mis les pieds. Elle n'avait pas ôté son imperméable. Était-ce le même que jadis, ou aimait-elle seulement les impers clairs sans ceinture ? En dessous, elle portait un pull à col roulé qui lui cachait le cou. Sur la table, il y avait un Schweppes pamplemousse à côté d'un numéro du *Spiegel*.

Je me suis assis en face d'elle, elle a souri brièvement. Nous n'avions pas encore échangé un mot. Un observateur extérieur aurait pu penser que c'était un rituel bien huilé : j'arrivais au *Polar Bodega*, j'évitais le bar, je tirais la chaise vide à la table où elle était assise et me suivait des yeux. C'était un matin d'octobre, il n'y avait quasiment pas de clients. Derrière les fenêtres en épais verre teinté, les voitures passaient en vagues diffuses et rythmées.

« C'est gentil à toi d'être venu, dit-elle.

— Je suis content de te revoir. »

Elle m'a dévisagé un instant avant de poursuivre.

« Il y a quelque chose que j'aimerais te montrer. »

Elle a retourné le numéro du *Spiegel* et l'a ouvert à la page qu'elle avait cornée.

Je n'avais jamais vu de photos de Thorwald et Angela et, bien entendu, ils ne ressemblaient pas à ce que j'avais imaginé. Il y avait une photo floue prise dans un aéroport, en relation avec l'extradition de la Syrie, et quelques clichés amateurs des années soixante-dix qui m'ont d'abord fait penser que nous étions tous coiffés d'une manière vraiment très différente à l'époque. Thorwald et Angela faisaient partie d'un groupe de quatre terroristes recherchés que le gouvernement de Damas avait décidé de remettre à la justice allemande. Sonja ne savait pas qu'ils s'étaient réfugiés en Syrie.

D'après l'article, au cours des semaines qui avaient suivi la libération des otages à Mogadiscio et les morts à Stammheim, ils étaient passés en Allemagne de l'Est par Berlin, puis ils avaient continué jusqu'au Moyen-Orient. C'étaient les archives récemment ouvertes de la RDA qui avaient mis les tribunaux allemands sur la piste. La police avançait l'idée que le vol de la banque de Wuppertal, à l'instar d'autres attaques à main armée, avait servi à financer le groupe responsable de l'enlèvement de Hanns Martin Schleyer.

L'article n'était pas seulement illustré par les photos de Thorwald, d'Angela et des deux autres qui avaient été extradés par Damas. Il y avait également la photo d'une femme d'une cinquantaine d'années, Elfriede Keller, et de son fils Helmut qui, malgré ses cheveux rares et son allure corpulente, ne pouvait guère avoir plus de trente ans. Selon le *Spiegel*, il avait neuf ans quand son père était mort.

C'était son père que l'on voyait sur la photo de mariage qu'Elfriede Keller tenait sur ses genoux. Un jeune marié aux cheveux courts et gominés qui penche la tête sur le côté, sans doute sur les instructions du photographe. Il a l'air très jeune, peut-être est-ce l'effet de sa coiffure et de son sourire affable. Elle, elle n'a pas plus de vingt-deux ans, elle a l'air émue et un peu décontenancée par tout ça, le voile, le bouquet, l'avenir.

Max Keller, mort en service un matin d'août 1977. Il avait à peu près l'âge actuel de son fils quand il avait été abattu de sang-froid par un braqueur armé. Était-ce Thorwald ou Angela ? Durant toutes ces années, Sonja a dû se poser la même question.

J'ai regardé une fois encore la photo d'Elfriede Keller et de son fils qui pose un bras sur son épaule, ils fixent l'objectif d'un air inexpressif. Est-ce le photographe du *Spiegel* qui a demandé à Helmut de poser ainsi le bras sur sa mère ? Même si elle n'a pas dix ans de plus que Sonja et moi, elle donne l'impression d'appartenir à une autre génération. Peut-être est-ce l'effet de la jupe plissée raisonnable, du cardigan boutonné, de la permanente et des boucles d'oreilles en forme de marguerites. Peut-être sont-elles un cadeau de Max. C'est peut-être le cadre qui la fait paraître plus vieille, cet intérieur chargé où l'on devine un buffet en bois sombre, le morceau d'un fauteuil à oreillettes capitonné et un lustre aux ampoules bougie. Helmut a l'air engourdi, mais son regard est vif, presque hostile, il songe sans doute au meurtrier de son père qui, d'après l'article, se trouve certainement dans le groupe de Damas.

« Le procès s'ouvre la semaine prochaine », dit Sonja.

Je l'ai dévisagée.

« Je voulais te demander... Si c'est possible... J'aimerais que tu viennes avec moi.

— Où ça ? ai-je demandé bêtement.

— J'aimerais être là.

— Tu n'as pas peur que... »

Elle a haussé les épaules.

« Et ton mari ?

— Je trouverai quelque chose. Il est tout le temps parti en voyage. »

C'était donc pour ça qu'il lui avait été possible de me rencontrer si souvent sans le moindre problème. Je lui ai tendu le numéro du *Spiegel*.

« Tu crois que c'est lui ?

— Parfois. D'autres fois... »

Elle a regardé les silhouettes floues des voitures qui passaient derrière la vitre d'un brun jaunâtre. J'ai eu envie de tendre la main et de caresser les premiers signes de vieillissement sur son visage.

La chambre se trouvait au dix-neuvième étage et donnait sur un grand parking entouré d'immeubles de bureaux moins élevés. Je n'ai pas allumé la lumière et j'ai laissé mon sac dans l'entrée, devant le placard et la porte de la salle de bains. La moquette, les rideaux, les meubles capitonnés, le couvre-lit molletonné avec les oreillers trop nombreux entassés sur le chevet, tout cet ensemble étouffait immédiatement le moindre bruit que je pouvais faire. Naturellement, on ne pouvait pas ouvrir la fenêtre. J'ai écarté les rideaux et je me suis assis sur le bord du lit. Je n'avais pas enlevé mon manteau. Je suis resté longtemps à contempler la tombée de la nuit, avec sa variation progressive vers un bleu toujours plus foncé, sur la masse compacte des immeubles.

C'est à ce moment-là que j'ai senti la fatigue. Nous avions roulé toute la journée et j'avais pris le volant au cours des dernières heures. Un bref bruit de verre a résonné de l'autre côté du mur.

J'ai deviné : un flacon sur la tablette en marbre. Elle était certainement en train de vider sa trousse de toilette. Nos chambres étaient voisines et la sienne était probablement l'inverse de la mienne. Le silence est revenu de l'autre côté. Peut-être venait-elle juste de retourner dans sa chambre, peut-être était-elle en train d'ouvrir les rideaux. Peut-être n'avait-elle pas allumé la lumière. J'ai imaginé que nous étions assis de la même manière sur nos lits respectifs, séparés par un simple mur de béton, et que nous contemplions la vue sur la ville. De temps en temps, on entendait à peine l'ascenseur se mettre en marche.

Nous n'avions pas passé ensemble autant d'heures d'affilée depuis le jour où je lui avais proposé de dormir chez moi, et où nous avions passé la soirée à Bakken. Sur la route, elle m'en avait appris un peu plus sur sa vie, alors qu'elle était toujours restée discrète sur ce sujet. Jacob Hertz était un homme d'affaires. Ils avaient essayé d'avoir un enfant, d'une manière ou d'une autre, comme elle avait formulé la chose. Mauvaise qualité du sperme, avait-elle ajouté après un silence. Je lui avais dit que j'avais divorcé, sans préciser le rôle indirect qu'elle avait joué. Nous avions passé de grandes parties du trajet à écouter l'autoradio sans dire un mot. Nous aimions tous les deux la musique classique et il y avait un je-ne-sais-quoi d'intime et de familier à écouter ainsi des pièces pour piano de

Brahms ou un concerto pour violon de Tartini, tandis que nous conduisions à tour de rôle. Elle avait l'air détendue en ma compagnie. Moi, j'étais crispé, mais je faisais mon possible pour le cacher.

Il a plu une partie du temps, et le paysage s'est retiré dans la brume avec ses sillons et ses pylônes à haute tension. Thorwald, cet homme doux et désespéré, avait-il trouvé en lui la force de tirer ? Sur la photo prise à l'aéroport, c'est un homme aux cheveux gris, coupés court, au visage marqué, bronzé et rasé de près.

Je me suis demandé si j'aurais encore reconnu Sonja si je ne l'avais pas aperçue chez le poissonnier de Højbro Plads. L'aurais-je reconnue si, quelques jours plus tôt, j'étais entré dans le *Polar Bodega* et que je l'avais vue en train de discuter avec un homme du même âge, à une table dans un coin ? Je crois que je n'aurais pas pu m'empêcher de la regarder. Elle fait partie de ces femmes qui embellissent avec l'âge, car ce dernier adoucit ce qui jadis paraissait dur et permet à la personnalité de percer sous le masque impeccable de la jeunesse. Le temps avait fait ressortir une certaine douceur dans ses traits et le côté détaché de son regard avait laissé place à de la sympathie.

À l'époque, j'avais eu l'impression d'être scruté par un adversaire, mais c'était bien plutôt dû à ma jeunesse, à cet amour-propre enflé, aussi facile à blesser qu'un doigt déjà endolori.

Je m'étais senti rejeté avant même d'avoir essayé de la draguer et son numéro d'escamotage n'avait fait que me confirmer dans ma vanité meurtrie d'avance. Là, elle me regardait d'un air de connivence, amical, comme si les années nous avaient rapprochés, alors que nous les avions passées chacun de son côté. Secoué, mais pas brisé, pensais-je. Était-ce valable pour nous deux ? La complicité dans son regard ne signifiait-elle pas que nous savions tous les deux que rien ne change jamais totalement, même si tout se transforme constamment ? C'était un regard qui espérait moins et qui, pour le meilleur et pour le pire, était donc d'autant plus réceptif.

Je l'ai observée à côté de moi, dans la salle du tribunal, le lendemain de notre arrivée. Nous étions assis dans les rangées du fond. La salle n'avait pas de fenêtre et je me suis demandé si, dehors, le soleil brillait. Ce n'était pas vraiment une salle, plutôt un local, anonyme dans sa modernité institutionnelle au sol en lino. J'ai regardé Sonja quand on a amené les accusés, mais son visage mûr est resté impassible. Je suis parvenu à entrapercevoir Thorwald et Angela avant qu'ils s'assoient en tournant le dos au public, avec leurs co-accusés. Tandis que nous attendions que le juge prenne place, je me suis efforcé de garder en mémoire la brève impression que j'avais eue d'eux.

Avaient-ils des menottes ? Non, pas d'après ce que j'avais vu, et ils portaient des vêtements civils. Presque chics, d'ailleurs. Sur les vieilles photos du *Spiegel*, Angela avait les cheveux tellement courts que l'on aurait pu croire qu'elle était tondue. Là, ses cheveux lui tombaient sur les épaules, ils étaient roux et certainement teints, elle portait un élégant pantalon noir et une veste en laine d'un brun terreux assortie à sa coiffure. Thorwald était vêtu d'un pantalon en toile et d'une chemise écossaise sous son blouson. Angela aurait pu passer pour une bibliothécaire ou une prof de lycée, lui, il ressemblait à ces messieurs que l'on croise le samedi après-midi dans un centre de bricolage, en train de se fournir en outils et en panneaux de contreplaqué pour les travaux du week-end.

Nous avons entendu leurs voix une seule fois ce jour-là, quand on leur a demandé de déclarer leurs noms et leurs dates de naissance. Il était difficile d'associer leur allure de quinquagénaires paisibles, les couleurs apaisantes de la salle et l'acte d'accusation qui a été lu à haute voix après que le juge a ouvert l'audience, d'une manière brève et sobre. J'avais du mal à suivre, non seulement parce que mon allemand est mauvais, mais aussi à cause du ton cérémonieux du procureur. J'en ai profité pour observer Sonja. Légèrement penchée en avant, elle regardait les silhouettes de Thorwald et d'Angela qui lui tournaient le dos. Il y a eu des moments où la monotonie de l'audience m'a fait oublier pourquoi nous étions là.

J'ai une nouvelle fois entraperçu Thorwald et Angela quand le juge a annoncé une suspension d'audience. Lorsqu'ils ont été escortés hors de la salle, j'étais certain qu'ils pensaient la même chose. Ils avaient sans doute une vie à Damas ou à Alep, ils avaient certainement fait des choses à peu près normales au cours de toutes ces années et ils devaient se demander ce qu'ils faisaient là. Ils se demandaient probablement comment la vie qu'ils s'étaient créée avait le moindre lien avec ce que le procureur avait déclaré de sa voix monotone.

Nous sommes sortis dans la salle des pas perdus, où il y avait une machine à café. Pendant que nous sirotions notre gobelet en plastique brûlant, Sonja a fait un mouvement de la tête pour attirer mon attention sur une femme d'un certain âge et un homme plus jeune et grassouillet qui donnait l'impression de ne pas avoir l'habitude de porter une veste et une cravate.

« La veuve », dit-elle.

J'ai reconnu la femme qui s'était laissé photographier par le *Spiegel* en compagnie de son fils, avec la photo de son mariage sur les genoux. Elfriede Keller était devant une grande fenêtre qui donnait sur une rue très passante. Elle regardait les voitures. Helmut, son fils, s'était placé derrière elle, en biais, comme s'il était sur ses gardes. Elle restait là, bras ballants, une de ses mains serrait les anses d'un sac. Elle avait l'air si menue à côté de son fils trop gros et je n'ai pas pu m'empêcher de me poser des questions en songeant qu'elle l'avait porté en elle jadis. Personne ne leur adressait la parole, ils restaient dans leur coin, au milieu du brouhaha que faisaient les groupes de gens avec leurs gobelets en plastique.

La mère et le fils ne se parlaient pas, soit parce qu'ils étaient mal à l'aise dans ce cadre dont ils n'étaient pas familiers, soit parce qu'ils avaient l'habitude de ne pas dire grand-chose. Ils apparaissaient sans défense, avec une attitude de repli prudent, sur le qui-vive. J'avais noté qu'elle avait enfilé son manteau avant de quitter la salle d'audience, même si la salle des pas perdus était chauffée, certainement parce qu'elle n'aimait pas l'idée de le laisser sur le dossier de son siège et parce qu'elle ne savait qu'en faire. Tout le monde avait accroché son manteau au vestiaire du rez-de-chaussée.

J'ai essayé de me souvenir des traits de la jeune femme sur la photo de mariage dans le *Spiegel*, en vain, alors que j'avais plusieurs fois regardé le magazine en route, quand Sonja conduisait. Son visage lisse était trop anonyme et la mise en scène trop stéréotypée pour que je parvienne à le faire ressurgir dans mon esprit. S'était-elle remariée ? Quelle vie avait-elle eue ? D'après l'article du *Spiegel*, elle était restée dans le même village, près de Wuppertal. À regarder ainsi passer les voitures, elle donnait l'impression d'avoir oublié où elle était, et la raison de sa présence. Peut-être songeait-elle à un souvenir qu'elle partageait avec Max ? Peut-être pensait-elle à quelque chose qu'elle devait faire en rentrant chez elle ? Même si elle avait l'air plus âgée, moins de dix ans nous séparaient. Nous avions été jeunes à peu près au même moment.

L'audience a pris fin quand le procureur a demandé que les accusés soient maintenus en isolement. Le juge a accédé à cette requête malgré les protestations de la défense. Il ne serait pas possible à Sonja de rendre visite à Thorwald en prison avant l'énoncé du jugement. Elle avait parlé de la possibilité de le revoir. En regagnant le parking, j'ai aperçu Helmut et Elfriede Keller au moment où ils montaient dans leur voiture. La lueur de la lampe du passager est tombée sur le visage défait de la mère. Ni elle ni lui ne nous ont vus.

Nous sommes rentrés à l'hôtel. Sonja m'a dit qu'elle avait besoin de se reposer. Je me suis allongé sur le lit et j'ai contemplé la mosaïque formée par les fenêtres des immeubles de bureaux, et une tour de télévision, dans le lointain. Je n'avais pas envie de regarder la télé. À un moment, j'ai eu l'impression d'entendre la voix de Sonja de l'autre côté du mur. Je ne discernais pas ce qu'elle disait. Elle était sûrement au téléphone avec Jacob Hertz. Je me suis demandé ce qu'elle avait trouvé comme prétexte pour partir. Du reste, savait-il qu'elle était en Allemagne ? Le ton de la voix de Sonja était enjoué, nullement accablé. Son mari ne se posait pas de question : elle était Sonja Hertz.

Sur le coup, quand le téléphone m'a réveillé, je ne savais plus où j'étais. Le réveil électronique sur la table de nuit indiquait onze heures moins vingt. Sonja a dit qu'elle avait faim. Je lui ai répondu que le restaurant de l'hôtel était sans doute le seul endroit où la cuisine était encore ouverte. Peu après, j'ai frappé à sa porte. Elle a mis un moment à m'ouvrir. Elle s'était changée, elle portait une robe noire décolletée et elle avait fait un chignon, ce qui changeait son apparence et lui donnait un air plus élégant et inaccessible. Elle m'a demandé d'attendre et elle est passée dans la salle de bains. Je me suis assis sur le bord du fauteuil. Comme on pouvait le prévoir, il était identique au mien, mais placé de manière inversée par rapport à celui de ma chambre, à l'instar de tout le reste du mobilier. Ses vêtements et ses collants étaient étalés sur le lit défait. C'était presque un attentat à la pudeur que d'être assis là à regarder ses affaires, sauf que je n'aurais su dire qui de nous le commettait.

Elle était belle quand nous avons pris l'ascenseur, vingt minutes plus tard. Comme je l'ai déjà dit, l'âge avait rehaussé sa féminité, l'avait rendue plus fragile et gracieuse. On aurait dit qu'elle m'éblouissait par son sourire en coin dans l'ascenseur étroit et que c'était mon désir qu'elle dévoilait ainsi. C'était un fait, et j'ai été obligé de lâcher son regard pour scruter le panneau à côté de la porte, où les chiffres sur la série verticale des boutons s'illuminaient tour à tour, comme si je suivais un compte à rebours avec appréhension.

Il y avait peu de monde au restaurant, quelques hommes d'affaires qui en étaient déjà au café et au cognac, et un couple de notre âge, dont les regards allaient de leurs assiettes au jardin intérieur illuminé. De temps en temps, ils se dévisageaient, hésitants et prudents, comme s'ils craignaient qu'une simple remarque factuelle soit mal perçue et cache des motifs inavouables.

« À quoi penses-tu ?

— Tu aimerais bien le savoir ? »

Elle a rougi un peu et je lui ai décrit le couple, assis juste derrière elle, sur le côté.

« Je peux me retourner ? » a-t-elle demandé avec une mine de conspiratrice, aussi surprenante que l'avaient été son maquillage et sa coiffure élégante.

« Attends une seconde... Vas-y ! »

Elle a tourné la tête en se penchant un peu, mais elle s'est rapidement retournée vers moi quand le serveur s'est approché avec deux cartes enchâssées dans leur porte-menu aussi prétentieux que surdimensionné. Elle a étudié le menu avec l'air sérieux d'une écolière qui craint que la maîtresse ne l'ait vue en train de chuchoter avec sa voisine.

« Ils ne sont pas différents de tant d'autres couples qui sont ensemble depuis longtemps, a-t-elle dit quand le serveur s'est éloigné.

— À t'entendre, on dirait que c'est une loi de la nature de s'ennuyer quand on est deux. »

Elle a légèrement écarquillé les yeux en me dévisageant. « Qui dit qu'ils s'ennuient ? » Elle a souri, et cherché à trouver un ton plus léger. « C'est le genre de chose que l'on dit seulement si l'on est déjà divorcé.

— Ah bon ?

— Oui, si l'on veut faire coïncider la réalité et l'état des choses.

— Excuse-moi, mais n'est-ce pas toi qui as dit qu'ils n'étaient sûrement pas différents de tant d'autres couples ? »

Le serveur est revenu, pressé de nous voir terminer notre dîner tardif le plus rapidement possible. Nous avons commandé, il est reparti. Sonja jouait avec ses couverts.

« C'est bizarre, a-t-elle dit.

— Quoi ? Le fait que nous soyons là ? »

Elle a levé la tête et haussé les épaules.

« Oui, ça aussi. Mais je pensais surtout à la veuve et à son fils. Ça m'a affectée. De les voir. »

Quelque chose dans le ton de Sonja m'a agacé. Comme si elle faisait un drame de sa personne, comme si c'était sa réaction émotionnelle à la vue de la veuve et de son fils qui importait, et non la veuve et son fils. « Ça m'a affectée. » En soi, l'économie du constat était pathétique.

« Es-tu plus affectée maintenant que tu les as vus, en chair et en os, que tu ne l'étais quand tu savais seulement qu'ils existaient ? »

Elle a été troublée par le sous-entendu tranchant de ma voix.

« Je ne comprends pas.

— Tu savais sûrement que Max Keller avait une famille. Ou que, très probablement, il en avait une. Tu le savais certainement bien avant que le piège ne se referme sur Thorwald et Angela. Avant que le *Spiegel* ne fasse un papier sur ça.

— Oui, mais c'est autre chose de les voir.

— Autre chose pour toi. Soudain, tu peux t'identifier. Oui, mais à quoi ? À leur chagrin ? Tu ne pouvais pas le ressentir, avant ?

— Je ne sais pas. Quand je les ai vus, j'ai eu l'impression de comprendre brusquement à quoi j'avais participé, autrefois. Sans le savoir.

— Sans le savoir. Avant de me laisser la clef d'une petite fortune en marks.

— Des marks... Aujourd'hui, ce serait de l'argent pour jouer à la dînette. »

Elle a déclaré cela comme s'il s'agissait d'un aphorisme, sans doute pour gagner du temps.

« Sonja, qu'est-ce que nous faisons là ? »

Elle m'a regardé d'un air paniqué et, soudain, j'ai craint qu'elle ne me pose la même question.

« Je ne sais pas. Je suis justement là pour comprendre ce que je fais là.

— Mais tu le sais bien depuis des années.

— Oui.

— Dis-moi, que se serait-il passé si je ne t'avais pas reconnue dans la rue, si je m'étais pas imposé, ce qui t'a poussée à me revoir et à me raconter ton histoire ? Et si Thorwald et Angela n'avaient pas été extradés, s'il n'y avait pas eu d'article dans le *Spiegel* avec une photo de la veuve de Max Keller et de leur fils ? »

J'ai bien vu que je l'avais déjà secouée suffisamment. Peut-être était-ce l'effet du barolo que le serveur empressé ne cessait de nous verser, parce qu'il n'était pas prêt à attendre que nous arrivions tranquillement au fond de la bouteille. J'ai repensé à cette discussion avec Thorwald que Sonja avait mentionnée, quand il exprimait son mépris des gens qui demandaient à Dieu de prendre en garde leur petit monde étroit avant de s'occuper de tous les malheureux et les nécessiteux du monde.

J'étais bien obligé de lui donner raison. Que valait cette attention sentimentale si elle s'étendait seulement à ceux que l'on apercevait autour de soi, aux membres de sa famille immédiate ? N'y avait-il pas quelque chose de pervers à fonder la volonté de davantage de justice pour le plus grand nombre sur une chose aussi égocentrique et subjective que les sentiments ? D'ailleurs, pouvait-on encore parler de justice si cette dernière ne comprenait pas tous les millions de personnes qui souffraient, sans nom ni visage, envers lesquelles il était impossible de dire que l'on ressentait quelque chose ? N'était-ce pas une bonne raison pour mettre un frein à ses propres sentiments bornés et à courte vue, et à ceux des autres, au profit d'une vision universelle de la justice ?

C'était là l'argumentation de Thorwald, et ma réflexion suivait le même fil. Je n'avais pas manqué de rabrouer Sonja parce qu'elle s'était sentie touchée par le sort d'Elfriede Keller uniquement lorsqu'elle l'avait vue en chair et en os. Parce que c'étaient ses sentiments qui avaient déclenché ses scrupules. Comme si cela changeait quelque chose pour Elfriede Keller que Sonja soit affectée en la voyant. Comme si cela changeait quoi que ce soit que Max Keller ait été abattu de sang-froid parce qu'il entravait la justice universelle. Ou parce que Sonja avait veillé à ce que le véhicule des fuyards soit prêt, moteur au ralenti, dans une clairière à quelques kilomètres des lieux du crime.

Si Sonja portait une part de responsabilité, peu importait qu'elle la reconnaisse ou non, et qu'elle ressente quelque chose en voyant Elfriede Keller. J'étais sûr que Thorwald m'aurait donné raison. La vérité morale de sa responsabilité était objective et indépendante de toute question d'identification. Ce n'était pas une reconnaissance mais plutôt une méconnaissance de sa responsabilité si elle commençait à la percevoir uniquement quand les visages du passé se représentaient à elle, d'abord le mien, puis celui de Thorwald et d'Elfriede Keller. Mais peut-être la responsabilité reste-t-elle vide s'il n'y a pas de visages? Peut-être sont-ce seulement les visages et les sentiments bornés qui sont en mesure de contrebalancer la lâcheté. En tout cas, Sonja avait vécu fort confortablement durant ces années avant nos retrouvailles, et, visiblement, sans être tourmentée par la vérité insensible et anonyme.

Cela a été notre tour de nous taire et de regarder chacun dans un coin. Un couple figé et gêné dans le restaurant déserté où le serveur rongeait son frein derrière nous, prêt à ce que je finisse par demander l'addition. J'ai été surpris qu'elle ne veuille pas regagner sa chambre tout de suite. Au contraire, elle a proposé que nous allions prendre un verre au bar de l'hôtel, au dernier étage. C'était l'un de ces endroits à l'éclairage tamisé, avec du velours aux murs, où la piste de danse est toujours vide. Comme d'habitude, on passait de vieux tubes nostalgiques. Nous nous sommes installés dans un canapé d'angle, avec vue sur les lumières de la ville.

Elle a commandé un whisky, je l'ai imitée. Une fois servis, elle a pêché les glaçons dans son verre et après avoir cherché en vain un cendrier, elle les a laissés rouler sur la moquette épaisse. Soudain, j'ai retrouvé chez elle l'air qu'elle avait le soir que nous avions passé à Bakken, avec les bières et les autos tamponneuses. C'était la même expression de franchise, d'insolence enjouée. Cela n'a duré qu'un instant, puis elle est redevenue pensive.

« C'était il y a longtemps. Des années..., a-t-elle dit, comme si elle lisait dans mes pensées.

— Que s'est-il passé ? Tu as disparu, et ensuite ? »

Elle a souri, en minaudant.

« Oui, j'ai commencé par disparaître. Puis j'ai refait surface, ailleurs.

— Et Sonja Evers est devenue Sonja Hertz.

— La différence n'était pas si grande. Tu étais le seul au courant de cette disparition, et nous ne nous connaissions pas. Au fil des ans, la plupart des gens que je connaissais, je les avais rencontrés après cet été-là. Et plus le temps passe, plus il est facile d'esquiver deux ou trois mois d'un été des années soixante-dix quand on doit raconter sa vie.

— Tu t'es mariée.

— Oui. »

Elle m'a regardé avec un sourire. Un sourire mutin, ai-je pensé en soutenant son regard, et en écartant les bras.

Ce n'était pas une histoire extraordinaire et, par égard pour celle que j'appelle Sonja, je ne la répéterai en aucun cas. Je dois omettre les détails personnels, mais que reste-t-il des sentiments quand les visages sont absents ? Quelle est la vérité objective ?

Cela aurait pu être ma propre histoire, malgré tous les visages et toutes les variations. On rencontre quelqu'un, on prend une décision, et le désir se mue en sympathie. On s'arrange. Cela ne sonnait pas comme une vie déraisonnable, mais elle en a parlé avec une distance que j'ai reconnue. Cette reconnaissance de ma part était-elle pour autant une illusion ? Peut-être s'est-elle montrée laconique uniquement parce qu'elle s'adressait à moi ? Elle a parlé avec une franchise déroutante de leurs tentatives épuisantes et répétées d'avoir un enfant. L'absence d'enfant était restée un manque, mais, à l'entendre, on aurait cru qu'il avait manqué autre chose, dès le début, avant qu'ils constatent que Jacob Hertz était stérile. Soudain, elle s'est interrompue.

« Veux-tu danser avec moi ? »

Elle m'a posé la question d'une façon tellement candide, presque timide, comme si elle n'était vraiment pas sûre que j'accepte. Je n'ai pas pu m'empêcher de sourire. Quand nous nous sommes faufilés entre les tables basses, je me suis dit que, de toute évidence, nous pouvions faire surgir ou repousser à notre guise le visage gris d'Elfriede Keller. Là, nous étions seulement un couple dans un bar d'hôtel, un couple qui n'était pas marié et qui dansait pour la première fois. La musique a changé au moment où nous nous sommes fondus dans le rythme avec ces gesticulations à l'enthousiasme ostentatoire et insistant qui sont la manière dont on danse ces quarante dernières années. Puis il y a eu un morceau lent et j'ai posé les mains sur ses hanches. Elle a posé les siennes sur mes épaules, comme il se doit, mais elle n'était pas obligée d'incliner la joue contre ma poitrine.

Dans l'ascenseur, elle m'a embrassé. Je me suis demandé s'il n'avait pas fallu autre chose qu'un night-club et une piste de danse pour être proche d'elle. Aucun de nous ne parlait, mais cet embarras ne pouvait que nous rapprocher encore plus. Elle n'a pas lâché ma main dans le couloir, jusqu'à sa chambre. Elle la tenait toujours fermement, même lorsqu'elle a sorti la carte perforée de son sac et l'a introduite dans la porte, il y a eu un petit déclic et le voyant rouge de la serrure est passé au vert.

Quand je me suis réveillé, elle était adossée contre le chevet et contemplait les contours flous des immeubles qui se dessinaient derrière le voilage. J'ai examiné la chambre du regard. Nos vêtements étaient enchevêtrés sur le fauteuil et la moquette. Elle était nue sous la couette qu'elle serrait contre elle et seuls sa tête, son cou et ses épaules en dépassaient, comme d'un nuage. Elle a souri et posé une main sur mon front. J'ai caressé la cicatrice au coin de ses lèvres du bout d'un doigt, elle l'a attrapé.

« Merci d'être resté, dit-elle d'une voix atone et encore cassée par le sommeil.

— Il n'y a vraiment pas de quoi.

— Tu aurais pu être du genre qui préfère quitter le navire. »

J'ai glissé la main sous la couette chaude.

« Je suis très content d'être là. D'ailleurs, j'en ai envie depuis très longtemps.

— Depuis quand ?

— Oh... Depuis les années soixante-dix.

— Et tu veux que je te croie ? »

Elle est sortie du lit et s'est placée devant la fenêtre. J'ai observé sa silhouette sur les plis du rideau, les fesses un peu tombantes, la peau un peu lâche sous les omoplates et sur les hanches, mais le buste frêle de jeune fille toujours ferme. Une soudaine vague de chaleur m'a traversé, suivie par une vive mélancolie. Comme si ma tendresse à son égard était mise au rebut. J'imaginais qu'elle avait pu se tenir ainsi un matin, à Francfort, devant la fenêtre de la chambre de Thorwald, qu'il était allongé comme moi, et qu'il avait contemplé la silhouette qui lui tournait le dos. Plus jeune, et pourtant la même.

« Ça t'a fait quoi de le revoir ? »

Elle a posé les mains sur le rebord de la fenêtre et s'est penchée légèrement pour observer je ne sais quoi, en bas.

« Je n'aurais pas pu dire que c'était lui. » Visiblement, elle avait compris ce que je voulais dire. « Ça aurait pu aussi bien être quelqu'un d'autre. »

En voiture, il y avait bien une heure et demie jusqu'au village d'Elfriede Keller. Sonja n'avait pas téléphoné, elle tentait sa chance. Elle l'avait trouvée sur Internet, au salon d'affaires de l'hôtel. Elle n'avait pas répondu quand je lui avais demandé ce qu'elle allait dire quand la veuve de Max Keller ouvrirait la porte, si jamais elle était chez elle. Je n'étais pas obligé de venir, avait-elle déclaré. Je lui avais demandé si elle le souhaitait. Elle avait haussé les épaules.

Nous étions partis peu après midi. Le temps était gris, tout était gris, la ville qui se muait en banales zones industrielles, les terres cultivées qui prenaient la suite. Je n'arrivais pas à discerner si elle agissait sur un coup de tête ou si elle avait déjà envisagé cette confrontation pendant que nous roulions vers le Sud. Peut-être avais-je contribué à la provoquer avec ce que j'avais dit la veille, au restaurant. Ou peut-être était-ce dû à la vision de cette femme fanée avant l'âge, avec son manteau, dans la salle des pas perdus du tribunal.

Elle se comportait comme si c'était impérieux, comme un devoir. Mais envers qui? Elfriede Keller n'avait pas la moindre idée du rôle joué par Sonja dans le concours de circonstances qui lui avait arraché son mari. Elle ignorait tout de l'existence de Sonja, si ce n'est peut-être ce qu'elle avait entraperçu de cette femme d'une quarantaine d'années, en compagnie d'un homme, à côté de la machine à café. Pendant le trajet, il m'est venu à l'esprit que Sonja souhaitait peut-être devancer Thorwald et Angela si jamais ces derniers, lors des interrogatoires à venir, se mettaient à raconter qu'une jeune Danoise avait conduit une des voitures qui avaient servi à leur fuite.

C'était un village comme tant d'autres, anonyme et désert, entouré d'une route qui le contournait, avec des petits commerces et des champs de tous côtés, labourés avant l'hiver. Nous avons demandé notre chemin à une station-service. Peu après, j'ai garé la voiture devant une maison couverte d'un enduit gris, avec un escalier en ciment qui montait à la porte d'entrée et un muret qui bordait la rue. Tout se présentait comme je m'y étais attendu, mais nous n'avions pas prévu qu'Elfriede Keller serait dans le jardin à ratisser des feuilles mortes. Nous avions imaginé qu'il nous faudrait d'abord monter l'allée d'un jardin en étant scrutés par des yeux cachés derrière un rideau en tulle, puis attendre que la porte soit ouverte. Nerveux, mais pas fâchés d'avoir quelques secondes de répit. Nous étions à quelques mètres du portillon du jardin et nous regardions Elfriede Keller à travers le pare-brise.

Elle n'avait pas encore noté notre présence. Le manche de son râteau était aussi grand qu'elle et la faisait paraître encore plus petite que dans mon souvenir, telle que je l'avais vue dans la salle des pas perdus du tribunal. Elle portait une veste en laine et des gants de jardinier qui lui donnaient des mains aussi grandes que celles d'un homme. J'ai été surpris de la voir en jeans, je ne saurais dire pourquoi. Elle ressemblait à un enfant avec son grand râteau, un enfant grisonnant perdu dans son monde en train de ratisser des feuilles mortes. Je me suis tourné vers Sonja.

« Et maintenant ? » lui ai-je demandé.

Elle ne semblait pas avoir l'intention de faire quoi que ce soit. Nous étions là depuis deux ou trois minutes quand la veuve a levé la tête et nous a vus. Je ne saurais dire si elle nous a reconnus. Elle a hésité un instant et s'est remise à sa tâche. Sonja a ouvert la portière, elle est descendue de voiture. Lorsque j'ai fermé la portière à clef, Sonja avait rejoint Elfriede Keller qui s'était arrêtée à nouveau et l'observait. Je me suis approché des deux femmes qui se faisaient face, séparées par le muret. Sonja avait déjà réussi à lui dire quelques mots. J'aurais bien aimé entendre ce qu'elle avait trouvé pour entamer la conversation.

Elle m'a présenté comme son ami. Nous nous sommes serré la main, un peu au ralenti, après qu'Elfriede Keller a eu enlevé son gant droit. Comme elle l'avait ôté, Sonja a également eu droit à une poignée de main hésitante. Plus exactement, elle a laissé Sonja prendre sa main et la serrer alors qu'elle flottait encore dans les airs.

J'ai été impressionné par la qualité de l'allemand que parlait Sonja. Elle a dit que nous étions là pour suivre l'affaire. Elfriede Keller n'a pas semblé étonnée par la manière elliptique dont Sonja parlait du procès. Elle tenait toujours le manche du râteau dans une main et avait remis son gant, prête à retourner à son jardinage. Sonja lui a demandé si elle ne nous avait pas vus, la veille. Elfriede Keller nous a regardés de la tête aux pieds. Elle se tenait bien droite, les pieds joints, avec un bras sur le côté. Oui, a-t-elle dit après un moment de silence, nous étions là. Elle a dit cela du ton du constat, comme s'il s'agissait d'une information.

Elle a voulu savoir comment Sonja connaissait son nom. Sonja a répondu qu'elle avait lu l'article dans le *Spiegel*. Elfriede Keller lui a demandé si elle était journaliste. J'ai senti une légère tension dans sa voix et autour de ses yeux. Non, a déclaré Sonja d'un ton apaisant. Dans ce cas, que voulions-nous ? À voir la tête de Sonja, c'était une bonne question. Moi, je n'aurais pas eu le courage d'être aussi bref, aussi précis. Lui parler, a dit Sonja. Et de quoi ? a répliqué Frau Keller, l'air renfrogné.

Sonja m'a surpris par sa réponse directe. Elle avait connu les accusés, a-t-elle précisé avant de marquer un silence pour laisser à Elfriede Keller le temps de digérer ses paroles. Celle-ci est restée impassible. Elle les avait connus à l'époque, a ajouté Sonja. Mon regard est passé de l'une à l'autre, elles formaient un tableau, ces deux femmes de profil de chaque côté d'un muret. Elfriede Keller est restée immobile quelques secondes, toujours impénétrable.

Elle nous a précédés sur l'escalier en ciment, puis elle nous a tenu la porte. Il y avait beaucoup de plantes et de bibelots dans la pièce sombre, ainsi que de lourds meubles anciens, luisant d'encaustique. Nous avons pris place dans un canapé, elle s'est assise sur un fauteuil droit, guère imposant. J'ai été étonné qu'elle ne choisisse pas le fauteuil capitonné, placé perpendiculairement au canapé, avec un appuie-tête brodé sur le haut du dossier. Les mains croisées et les pieds joints, elle m'a fait penser à une surveillante. Elle tenait ses gants de jardinier dans une main, soigneusement pliés. Elle ne nous a rien proposé à boire. Elle attendait.

C'est Sonja qui a rompu le silence. Au cours du quart d'heure suivant, elle a résumé à grands traits l'histoire que j'ai relatée dans les pages qui précèdent. Elle s'est exprimée d'un ton calme et neutre, Elfriede Keller la dévisageait, sans que ses traits trahissent ses pensées. Sonja était assise avec les genoux en biais dans l'espace entre le canapé et la table basse, son regard se posait tour à tour sur la veuve de Max Keller et sur un point indéfini, quelque part au milieu des objets entassés dans le salon. Tout en l'écoutant, j'ai songé à l'odeur nouvelle et inconnue de sa peau et à la veine qui saillait sur son cou rougissant. Il y avait eu quelque chose de paniqué et de frénétique sur son visage, comme si l'instinct de fuir l'avait poussée dans une impasse.

Elle a conclu en disant qu'elle ignorait si c'était Thorwald ou Angela qui avait tiré le coup de feu mortel. Cette question n'avait pas cessé de la hanter depuis ce jour-là, a-t-elle ajouté d'un accent théâtral. Puis elle s'est tue. Personne ne bougeait. Non loin, quelqu'un se servait d'une scie circulaire. Je me suis souvenu que j'avais vu des charpentiers se glisser entre les poutres rugueuses et mal dégrossies d'un toit en construction, en face de la maison d'Elfriede Keller.

Elfriede Keller ne quittait pas Sonja des yeux. Elle a toussoté et posé ses gants de jardinier sur la table basse. « Was wollen Sie eigentlich ? » a-t-elle demandé.

Il a été plus difficile de sortir de la maison que d'y entrer. Alors que nous étions assis sur le canapé d'Elfriede Keller, dans le silence pesant qui a suivi sa question simple, je me suis rendu compte qu'elle avait seulement toléré notre intrusion, rien de plus. Elle n'avait aucune envie de se voir accablée par l'aveu fort tardif d'une culpabilité indirecte et méconnue. Elle aurait pu croire que Sonja était venue la trouver pour la lui fourguer et, en même temps, solliciter son pardon. Sonja avait-elle donc été si profondément tourmentée durant toutes ces années par ce à quoi elle avait participé, à son insu ? Peut-être pas, mais, d'un autre côté, elle en avait bien été complice, scrupules ou non, qu'elle reconnaisse ou non sa responsabilité dans ce qui était arrivé.

Sonja a répondu qu'elle souhaitait seulement se manifester. Elfriede Keller a dit qu'elle la comprenait, mais je n'en étais pas sûr. En revanche, j'étais certain qu'elle aurait aimé nous voir décamper le plus vite possible, afin de pouvoir retourner vaquer à son jardin, et à sa vie. Sonja a ajouté qu'elle avait eu besoin d'exprimer de vive voix combien elle était désolée d'avoir participé à cet acte, à son insu. Elfriede Keller a répété qu'elle comprenait, d'un ton plus bas et ténu, cette fois-ci. J'ai songé qu'elle était obligée de mettre le doigt sur un point que, depuis des années, elle effleurait rarement. Pendant un instant, elle faisait ressurgir le souvenir de sentiments dont le contenu lui était familier, mais dont elle avait oublié la force brutale.

Il était temps de s'en aller. J'ai posé une main sur le genou de Sonja et elle m'a regardé comme si je l'avais tirée de son sommeil. Nous nous sommes levés, Elfriede Keller également, et nous nous sommes serré la main alors que nous étions encore au salon. Cela a été plus formel ainsi, et le chemin jusqu'à l'escalier n'en a paru que plus long. Dans l'entrée, j'ai remarqué des chaussures d'homme à côté des bottes fourrées d'Elfriede Keller, des bottes d'hiver, en cuir, qu'elle avait déjà ressorties. Elle a refermé la porte derrière nous avant que nous ayons atteint l'allée.

Nous avons gardé le silence jusqu'au moment où nous sommes passés devant la station-service où nous avions demandé notre chemin. « Je crois que ce n'est pas loin », a dit Sonja en arrêtant la voiture sur le bas-côté.

Elle a sorti la carte routière. Je ne savais que dire, et je n'avais pas envie de dire ce que je pensais. Le vent s'était levé et le soleil filtrait à travers les nuages sous forme de taches errantes de lueur pâle, dans lesquelles les feuilles mortes tourbillonnaient autour des cimes immobiles des arbres. Sonja a repris la route, je ne savais pas vers où. Cela n'avait pas d'importance, mais le silence me tapait sur les nerfs. J'ai allumé l'autoradio, elle a tendu la main et l'a éteint. J'ai dévisagé Sonja avec stupéfaction, mais elle n'a pas prêté attention à mon regard.

Mais que s'était-elle donc imaginé ? Une de ces scènes de réconciliation émouvante dans le genre de ces émissions de télé où les producteurs sont parvenus à retrouver des disparus et qui, en prime, ont le droit de retransmettre ces retrouvailles familiales larmoyantes ? S'agissait-il seulement de parvenir à un sentiment de gravité dans un jeu de faute et de pardon où c'était elle qui tirait toutes les ficelles ? Mais que voulait-elle donc ? Je jetais des coups d'œil à ses genoux dont les rotules saillaient sous ses bas noirs au rythme des changements de vitesse. J'avais envie de lui enlever ses bas et sa culotte et lui faire oublier l'été 1977, oublier que c'était alors que nous nous étions rencontrés. Comme si ce n'était pas aussi pour cela que, si longtemps après, nous nous retrouvions à rouler sur une petite route allemande déserte.

Elle a traversé lentement un autre village, elle

a fait demi-tour et elle est revenue dans la rue principale, vide, qui ne différait guère de celle du village dont nous venions. Elle s'est garée devant une supérette et y est entrée. Je suis resté à regarder bêtement les affiches jaunes qui vantaient les promotions et les caisses de fruits et légumes alignées sous un parasol publicitaire secoué par le vent. Elle est revenue et s'est remise au volant. « L'agence a dû fermer il y a longtemps. La fille à la caisse ne se souvenait même pas que c'était une banque, autrefois. »

Elle a démarré et nous sommes repartis. Nous avons roulé dans la campagne une demi-heure de plus. Elle s'est arrêtée deux fois pour consulter la carte. Elle aurait tout aussi bien pu être seule dans la voiture, j'étais tout juste un poids mort sur le siège du passager. Elle a fini par tourner dans un chemin de terre qui menait à un bois. J'ai pensé à Elfriede Keller et je me suis demandé si les feuilles qu'elle avait si soigneusement ratissées avaient déjà été emportées par le vent. À qui appartenaient les chaussures d'homme dans son entrée ? S'était-elle remariée ou s'agissait-il de celles de son fils ? Habitait-il encore chez elle, à près de trente ans ? Peut-être lui préparait-elle son déjeuner dans la cuisine, ou peut-être était-elle en train de regarder les informations, installée dans le fauteuil avec l'appuie-tête brodé.

Sonja a arrêté la voiture au milieu des arbres, les ornières étaient bourbeuses car il avait plu.

J'ai dû enjamber la boue en descendant de voiture pour suivre Sonja. Elle était adossée à un tronc et contemplait le pré le long de la route où les hautes herbes tremblaient avec un reflet métallique sous les rayons capricieux du soleil. Elle s'est tournée vers moi quand j'ai posé un bras sur son épaule. « Je suis presque sûre que c'était là. Ça n'a pas changé, à ceci près que c'était en été. »

Je l'ai serrée contre moi. Quelle que soit sa réaction, quel que soit le désir de l'excuser et quelle que soit son envie de se disculper, les faits demeuraient les mêmes. Figés dans le temps, immuables comme seules le sont les choses du passé. Le passé est le passé, comme on dit, mais le fait ignoré restait indéniable : elle avait attendu là, dans une voiture volée, et le cadavre de Max Keller était encore chaud quand Thorwald et Angela étaient arrivés, comme prévu.

Thorwald et Angela s'étaient mariés quand ils étaient arrivés à Damas. Elle avait été en mesure de faire usage de sa formation de psychologue pour enfants après avoir été embauchée par un hôpital et appris l'arabe. Thorwald était chauffeur routier pour une entreprise d'État. Tandis qu'elle était dans un bureau, en blouse blanche, à s'entretenir avec des enfants gravement malades, il faisait des allers et retours en camion entre Damas et Beyrouth. C'est ce qui est sorti de l'audience suivante, où les accusés ont été interrogés à tour de rôle. Cela avait eu l'air d'une vie banale, sauf qu'aucun d'eux n'aurait imaginé la mener à Damas.

Sonja ignorait qu'Angela avait fait des études de psychologie. Nous étions arrivés en avance cette fois-ci et nous avions trouvé des places sur une des premières rangées, juste derrière la barre des témoins. Thorwald avait été de ceux à être entendus le matin et Sonja ne l'avait pas quitté des yeux pendant qu'il lui faisait face, à quelques mètres à peine. À la suspension d'audience, elle m'a confié sa certitude que leurs regards s'étaient croisés plusieurs fois et que, pour finir, il avait soutenu le sien pendant presque une minute, sans manifester qu'il se remettait son visage. Elle l'avait longuement dévisagé, elle avait étudié chacun de ses traits et elle avait fini par reconnaître l'homme qui avait été son amant pendant des mois, quand elle était jeune.

Tandis que nous soufflions sur le café brûlant dans les gobelets en plastique bien trop minces, je lui ai demandé si elle pensait que Thorwald faisait semblant de ne pas la reconnaître. Elle a haussé les épaules. Il n'avait pas dit un mot de sa complicité pendant l'interrogatoire. Voulait-il l'épargner ? Et que se passerait-il si lui ou Angela la désignait comme complice ? Elle n'a pas répondu, mais j'ai bien vu qu'elle avait déjà envisagé cette possibilité.

J'ai observé les gens qui s'étaient éparpillés en groupes entre la porte de la salle d'audience et le large escalier qui menait au rez-de-chaussée. Comme la dernière fois, Elfriede et Helmut Keller étaient dans leur coin, près de la grande fenêtre. Je les ai salués de la tête, mais ils n'ont pas réagi et quand, peu après, Helmut m'a adressé un coup d'œil menaçant, je me suis abstenu de les regarder à nouveau.

J'ai aperçu deux jeunes femmes, côte à côte. Elles avaient l'air d'avoir une bonne vingtaine d'années. Elles regardaient chacune dans une direction et il m'a fallu quelques secondes pour découvrir qu'elles se parlaient. Il s'est passé un instant avant que je me rende compte qu'il y avait autre chose que leur ressemblance. Un je-ne-sais-quoi dans la forme de leurs visages me rappelait Thorwald. Non pas l'homme bronzé aux cheveux gris que je venais d'observer dans la salle d'audience, mais l'autre Thorwald, avec des cheveux longs et des rouflaquettes, dans l'exemplaire froissé du *Spiegel*. S'agissait-il de ses filles ou était-ce moi qui interprétais de manière abusive un vague air de famille fortuit ?

Thorwald n'aurait sûrement pas été en mesure de reconnaître ses filles qu'il n'avait pas vues depuis qu'elles avaient quatre et six ans. Il avait sans doute encore le tatouage sur son bras, avec « J & T » en lettres gothiques. Angela avait vu ces lettres chaque soir quand ils se couchaient, et chaque matin lorsqu'elle le réveillait dans l'appartement d'une banlieue de Damas. Combien de fois n'avait-elle pas caressé ces lettres bleu-vert flétries sans songer à ce qu'elles signifiaient ?

Si Angela avait reconnu Sonja, elle n'en a rien laissé paraître non plus. Cependant, Sonja ignorait si leurs regards s'étaient croisés car, durant tout le procès, Angela avait dissimulé ses yeux derrière de grosses lunettes de soleil. Ce geste avait des allures de protestation estudiantine, et il a contribué à lui donner une apparence impassible et détachée. Mais cela n'a pas duré. Contrairement à Thorwald, qui avait répondu avec une minutie résignée, Angela a refusé de fournir des réponses aux questions posées. À la place, elle s'est mise à lire une déclaration dans laquelle elle niait la légitimité du tribunal et invoquait la Convention de Genève vu que l'État allemand, eu égard aux événements qui faisaient l'objet de ce prétendu procès, avait seulement été un des belligérants.

J'ai entendu quelques rires étouffés dans l'assistance. Le juge l'a exhortée d'un air fatigué à répondre aux questions, le procureur a gardé le silence, mais elle a repris la lecture du texte manuscrit qu'elle avait apporté. Pour finir, le juge a ordonné qu'elle soit expulsée du tribunal et deux huissiers l'ont fait sortir. Elle a dégagé ses bras de leur emprise et a marché à pas décidés, s'arrêtant à la porte pour crier « vive le peuple palestinien ». Des personnes ont éclaté de rire, une seule a applaudi jusqu'à ce que le juge ordonne le silence et menace de poursuivre l'audience à huis clos.

Cela m'a fait penser à ce qu'Angela avait dit lorsque Sonja avait trouvé un pistolet dans la cuisine. Si les flics nous épargnent, nous les épargnerons. Jusqu'alors, Angela avait été la seule des accusés à refuser toute collaboration avec la cour mais, sur un point, Thorwald et les autres membres du groupe se sont montrés aussi peu coopératifs. Aucun d'eux ne voulait dire qui avait tiré sur Max Keller les coups de feu mortels. Le meurtre du policier et l'attaque à main armée constituaient le point capital de l'acte d'accusation, mais plusieurs témoins s'étaient trouvés dans la banque à ce moment-là. Aucun d'eux ne pouvait affirmer si c'était l'homme ou la femme qui avait tiré.

Hormis la déclaration intransigeante d'Angela et sa sortie spectaculaire, la deuxième audience s'est déroulée de manière aussi monotone que la première. De fait, à ma grande honte, j'ai failli m'endormir plusieurs fois. Le but de la procédure était de mettre au jour ce qui s'était passé, dans tous les détails vérifiables dont on disposait. Il n'appartenait pas au tribunal de se prononcer sur leur sens. Il n'y avait même pas de mépris pour le manifeste hystérique d'Angela dans la réaction du juge quand il avait ordonné son expulsion de la salle. Elle lui faisait tout simplement perdre son temps. Il y avait des faits plus ou moins établis et il y avait des lois, il s'agissait donc de qualifier les faits et de leur appliquer les lois. Un exercice parfaitement terre à terre où l'on ne tenait compte ni de la colère politique d'Angela ni du chagrin apolitique d'Elfriede et Helmut Keller.

C'était un malentendu de relier le mot « justice » avec des valeurs ou des sentiments et rien ne semblait plus éloigné de l'esprit du juge flegmatique. En tant que fonctionnaire de l'État de droit, il était de son devoir de s'en tenir à la relation entre la lettre de la loi et l'incontestabilité des faits. Toutes les valeurs et toute éventuelle soif de vengeance étaient écartées au profit d'une évaluation froide de la réalité vérifiable.

Peu importait que Thorwald, Angela et les autres regrettent ce qu'ils avaient commis, ou qu'ils affirment que la mort de Max Keller était une perte déplorable dans la marche de l'Histoire et son exigence naturelle à tout changer. Peu importait qu'Elfriede et Helmut Keller soient en mesure de pardonner à celui qui avait tué qui son époux qui son père, à condition d'imaginer que les meurtriers leur demandent pardon. Quels que soient les considérations et les sentiments des coupables et des victimes, les faits étaient les mêmes, et dans la salle d'audience anonyme et sans fenêtre, les faits et les sentiments étaient totalement séparés.

L'audience terminée, nous avons descendu l'escalier et je n'ai pas vu la veuve et son fils dans la file des gens qui attendaient devant les rangées de portemanteaux du vestiaire. Étaient-ils partis avant la fin parce qu'ils avaient tiré les mêmes conclusions que moi ? Dehors, le soleil brillait, et j'ai pensé que nous avions gâché une belle journée à la passer dans une salle sans fenêtre. Le matin, nous étions venus en taxi et j'ai proposé que nous rentrions à pied, même si à l'est, le ciel était gris-bleu sous les averses.

Nous n'avions pas vu grand-chose de la ville, mais il n'y avait rien de particulier à voir. À l'instar de la plupart des cités allemandes, elle avait été rasée sous les bombes de la Seconde Guerre mondiale. C'était un endroit neuf qui avait été bâti sur les ruines et il avait seulement les noms de rues en commun avec la ville qui se trouvait là autrefois. Les seules exceptions étaient la cathédrale fortement restaurée et quelques maisons à colombages et aux fenêtres à vitraux qui se dressaient là, perdues. Elles avaient aussi peu d'atomes crochus avec le Troisième Reich disparu qu'avec le modernisme raisonnable qui avait jailli après-guerre. Entre les maisons médiévales et les constructions nouvelles, on devinait la parenthèse invisible où une génération s'était laissé emporter dans l'abîme. J'ai songé que Thorwald et Angela devaient avoir à peu près le même âge qu'Elfriede Keller. Ils étaient nés tous les trois quelques années après que les villes allemandes avaient été anéanties par les flammes.

On avait ricané de la tirade d'Angela, qui avait fait l'effet d'une citation nostalgique, d'une espèce de kitsch politique. Plus de temps séparait le présent des années soixante-dix que les années soixante-dix des années quarante. Quand Angela, pour son premier geste politique, avait manifesté aux côtés de Benno Ohnesorg, il y avait encore eu des anciens nazis dans l'appareil d'État. Il n'y avait eu personne d'autre pour le faire tourner et contribuer ainsi à remettre sur pied une sorte de normalité. Aujourd'hui, les anciens nazis sont morts et, dans notre souvenir, ils sont réduits à la taille de miniatures et trouvent leur place dans l'image du monde qui tient lieu d'explication. L'humiliation du traité de Versailles, le chaos des années vingt, l'antisémitisme historique, le sang et la terre du romantisme allemand. On croit comprendre, alors que Gudrun Ensslin, Andreas Baader et Ulrike Meinhof sont encore incompréhensibles. Ne sont-ils pas morts depuis assez longtemps ?

Tandis que j'observais Thorwald et Angela, je me suis rendu compte que je ne comprenais rien. Un de ces Européens soignés et entre deux âges avait été capable de tuer Max Keller, et ni les anciens nazis, ni Benno Ohnesorg, ni le Vietnam ou la Palestine ne suffisaient à l'expliquer. Thorwald et Angela appartenaient à une génération qui avait vu un nombre de gens sans précédent accéder à l'aisance matérielle, pourtant ils affirmaient sérieusement représenter la classe ouvrière dans son insurrection armée contre l'ordre capitaliste. Ils s'étaient lancés dans une course à la radicalisation, un peu comme les moines dans un monastère du Moyen Âge rivalisaient de zèle pour s'infliger des pénitences toujours plus rudes. Tout devait être différent, tout devait changer, et ils avaient commencé par eux-mêmes dans une sorte d'exorcisme idéologique. Mais pourquoi ?

Je cite de mémoire les idées que j'ai partagées avec Sonja tandis que nous marchions dans le centre-ville, en nous tenant par le bras. Le vent s'est remis à souffler et elle se serrait contre moi en clignant les yeux chaque fois qu'une rafale faisait tourbillonner la poussière du trottoir. Nous nous sommes arrêtés sur le pont afin de regarder les eaux scintillantes du fleuve. Le vent faisait voler ses cheveux devant son visage et, en se tournant vers moi, elle les a écartés du bout des doigts et les a ramenés derrière l'oreille. Si j'avais vécu avec elle aussi longtemps que Jacob Hertz, je n'aurais peut-être pas prêté attention à ce petit geste. Soudain, je me suis souvenu qu'elle avait écarté les cheveux de la même manière, ce samedi où je les avais suivis en voiture et espionnés dans une pépinière, en banlieue. J'ai eu un sentiment de manque et d'absence, de nostalgie alors qu'elle était juste à côté de moi et que, contrairement à ce samedi lointain, je m'étais réveillé ce matin-là en sentant ses cheveux contre mon épaule.

« Il y a autre chose, a-t-elle dit. Quelque chose que j'avais déjà ressenti avant d'arriver à Francfort. Et je l'ai ressenti souvent depuis. Je crois que la plupart des gens éprouvent ça de temps en temps. Mais c'est seulement que l'on n'en parle pas. Si je me souviens bien, je crois ne l'avoir jamais évoqué. »

Nous étions parvenus sur l'autre rive du fleuve, où se trouve le quartier commerçant. Il y avait beaucoup de piétons autour de nous et une circulation intense. Nous sommes passés devant les devantures chics de magasins de grandes marques, les mêmes que l'on retrouve partout.

« Tu as certainement déjà éprouvé ce sentiment. Je sais que tu le connais, a-t-elle ajouté avec un sourire. Se sentir enfermé par ce que l'on est, ici et maintenant. Aspirer à quelque chose sans savoir quoi. Les gens souffrent particulièrement de ça, dans le monde occidental. Il reste seulement de petits ajustements à faire et l'on pourra dire que nous avons atteint la société idéale. Tu sais, avec des rampes pour les fauteuils roulants et des ronds-points éclairés même dans les endroits les plus reculés. Le problème, c'est : et ensuite ? Pouvons-nous supporter de ne pas pouvoir aller plus loin ? Nous contenter d'aller au boulot tous les jours, et de partir en vacances deux fois par an, à la neige ou sous les palmiers ? Il y a de quoi devenir fou, et c'est peut-être de ça que l'on commence à se libérer. Oui, c'était peut-être ça. Bien avant que je mène cette vie. Je savais intérieurement que je ne voulais pas prendre part à cette foire d'empoigne insensée, pourtant on a tout de suite déjà un pied dedans. Et on dit que tout le monde est inconscient. On a largué les amarres, mais on a toujours le regret, le désir de se sentir réel. »

Elle a lâché mon bras et enfoncé les deux mains dans les poches de son manteau.

« On voit les abominations qui se passent dans le monde. Les gens qui sont brûlés vifs. On voit le Vietnam et l'on voit autour de soi les gens qui continuent à vivre comme si, au même moment, des villages entiers n'étaient pas réduits en cendres. On se rend compte que la réalité n'est pas une question de ce que l'on ressent. On ne ressent pas la douleur des Vietnamiens, on se contente de la voir, c'est seulement une image. Il faut donc ne pas tenir compte des sentiments pour être en contact avec la réalité. Il faut trouver une autre langue qui peut nous mettre en contact avec sa nécessité. Et puis, un jour, on trouve quelqu'un qui possède cette langue-là. Où la réalité est la même ici et au Vietnam, où l'on est aussi anonyme que les Vietnamiens anonymes. C'est un soulagement, mais le vrai soulagement est encore devant nous. Il arrive seulement quand les Vietnamiens, les Palestiniens et tous les autres sont libres, eux aussi. La réalité est réelle seulement si elle est commune. Il en va de même pour le soulagement. Celui-ci devient possible si l'on est en mesure de s'oublier aussi radicalement que les gens autour de soi sont capables d'oublier les enfants vietnamiens brûlés vifs. Et là, on est en état de faire ce qu'il faut pour que tout soit changé.

— Et Max Keller dans tout ça ? »

Les nuages gris sont arrivés sur la ville et il s'est mis à pleuvoir, d'abord des grosses gouttes isolées, puis avec une violence croissante qui nous a obligés à trouver refuge sous l'auvent de l'entrée d'un grand magasin.

« Tirer et tuer est peut-être une sorte de

confirmation, a-t-elle dit. Une initiation à cette réalité nouvelle où peu importe ce que l'on ressent et qui l'on est. Où la mort d'un seul policier ne compense pas celles de tous les Vietnamiens. Où il disparaît dans la perspective plus large qui est la seule véritable, parce que l'Histoire est la seule réalité. »

Nous sommes restés un moment à regarder la pluie au milieu des passants qui, comme nous, s'étaient abrités à l'entrée du grand magasin.

« Pour ce qui est de l'insensibilité, les visions du monde des tribunaux et des terroristes se rejoignent, ai-je dit. Mais tu me dis que tout a commencé par le dégoût ?

— Oui.

— Un sentiment d'irréalité ?

— Oui.

— Alors d'un côté il y a le dégoût et de l'autre l'insensibilité impersonnelle. Et entre les deux ?

— Entre les deux, les gens vivent leur vie sans causer de malheurs autrement qu'à eux-mêmes et à leurs proches. »

Nous sommes allés dans une brasserie, dans l'une des maisons à colombages qui donnaient sur la place de la cathédrale. Nous nous sommes installés dans un coin de la taverne rustique et nous avons commandé des bières blanches. Les gouttes de pluie brillaient dans les cheveux mouillés de Sonja et il m'a fallu un moment pour les distinguer des larmes qui coulaient sur son visage. J'ai tendu la main vers sa joue, mais elle l'a écartée. Autour de nous, les gens nous lançaient des coups d'œil par-dessus l'épaule. Nous ressemblions certainement à un couple qui vient de se disputer.

« Si je me dénonce, elle sera bien obligée de m'écouter, dit Sonja.

— Qui ?

— Elfriede Keller.

— Mais elle t'a déjà écoutée.

— Non. Elle ne voulait pas l'accepter.

— Et pourquoi le ferait-elle ?

— Parce que je fais partie des événements qui lui ont pris son mari.

— Qu'envisages-tu ?

— De me présenter devant la justice.

— Tu pourrais être condamnée.

— Oui.

— Cela changera-t-il quelque chose ? À quoi bon ? Du moins, si c'est Elfriede Keller qui t'importe.

— Que veux-tu dire ?

— Pourquoi ne vas-tu pas lui parler ?

— J'ai déjà essayé.

— Essaie encore. »

Elle était partie quand je me suis réveillé le lendemain matin. Elle n'avait ni laissé de message ni emporté son téléphone portable. Je suis resté dans son lit au lieu de regagner ma chambre. J'ai observé ses effets personnels dans la chambre d'hôtel anonyme. Ses vêtements et ses affaires auraient pu appartenir à n'importe quelle femme. Ils n'apprenaient rien de précis sur elle car ils auraient pu correspondre à tant d'autres. Je n'ai pas résisté à la tentation de jeter un coup d'œil dans son sac de voyage posé sur la commode à côté du poste de télé. Le sac était vide hormis un livre de poche en anglais et une photographie dans un cadre avec un pied derrière. Elle l'emportait certainement avec elle en voyage, mais soit il n'était jamais sorti du sac soit il y était retombé sans que je m'en aperçoive.

La photo avait été prise dans un jardin, peut-être le leur. C'était le printemps, Sonja et Jacob se tenaient devant un arbre fruitier dont les fleurs blanches ressemblaient à de la neige. Je ne l'ai pas reconnu, car ses traits ne collaient pas à ceux de l'homme que j'avais vu dans une pépinière, quelques années plus tôt. La coiffure de Sonja était différente, elle paraissait plus jeune. Leurs sourires, les branches en fleurs sur fond de ciel bleu émaillé, ça ressemblait au bonheur. Je pouvais aisément comprendre pourquoi elle avait mis la photo dans un cadre. Ils clignaient les yeux face au soleil et au flash. Face à la lueur éblouissante du bonheur, ai-je songé, jaloux, en regardant leurs dents éclatantes et les fentes sombres où se trouvaient leurs yeux.

Moi aussi, j'aurais certainement pu être heureux, d'ailleurs, je l'avais peut-être été, sans m'en être rendu compte. Sans avoir pour autant pris une photo au passage et l'avoir mise dans un cadre avec un pied, pour qu'elle puisse trôner dans les chambres d'hôtel où je passais la nuit et me rappeler que je venais de quelque part. Me rappeler que j'avais ma place dans ces bras et dans ces yeux.

Il avait posé un bras protecteur autour de sa taille, sa main large était bien à plat sur le ventre de Sonja. Elle s'appuyait contre lui avec un air mutin et assuré. J'ai pensé à ce qu'elle m'avait dit sur son mariage. Un petit bonhomme aurait dû s'agiter là, derrière la main de Jacob. Un manque, avait-elle dit, et j'avais deviné une déception muette que son ventre soit resté vide, mais pas seulement. Cependant, ils avaient pu sourire comme en ce jour de printemps dans un jardin fruitier en fleurs. Je ne savais rien d'eux. Je ne savais pas ce que pouvait signifier qu'elle se soit offerte à moi quelques nuits, dans un hôtel d'une grande ville allemande.

Et Elfriede Keller ?

Pendant vingt ans, Sonja avait fait comme si sa responsabilité indirecte dans le meurtre du mari d'Elfriede Keller ne regardait qu'ellc. Son ignorance s'intercalait entre elle et sa culpabilité. Elle pouvait toujours invoquer qu'elle n'avait rien su. Mais c'était bien elle qui avait garé la voiture dans la clairière, et c'était dans cette voiture que Thorwald et Angela s'étaient enfuis, après avoir déposé Sonja et disparu de sa vie. Et ça non plus, elle ne pouvait pas le savoir. Elle ne pouvait pas savoir qu'elle avait eu la chance inouïe de se voir épargner toute confrontation avec la culpabilité et le châtiment.

Était-ce donc un choix qui, en son for intérieur, l'amenait à tourner autour du simple fait, impuni, que c'était elle, et personne d'autre, qui avait attendu Thorwald et Angela, le moteur au ralenti ? Était-ce la liberté sans limite, et donc étouffante, avec son absence de conclusion définitive, qui finissait par s'imposer à elle avec sa nécessité impérieuse ? Et ce, même s'il s'agissait de la mort violente d'un être humain. Mais qu'avait donc cru Sonja ? Qu'Elfriede Keller se souciait de sa liberté sans limite ?

On a frappé à la porte. Quand j'ai levé la tête, une femme noire vêtue d'une blouse en nylon entrait dans la chambre. Elle a été effrayée et s'est empressée de ressortir. Sonja avait certainement oublié d'accrocher l'écriteau rouge à la poignée de la porte en partant. Une fois la porte refermée, je me suis rendu compte que j'étais encore nu, sur le bord du lit, avec la photo de Sonja et Jacob à la main. Elle l'avait eu au téléphone, la veille, au moment où nous sortions du hall de l'hôtel. Elle avait levé la main, comme pour m'arrêter, quand il avait appelé. Je m'étais assis dans un canapé, à l'autre bout du hall. Je l'avais regardée faire les cent pas devant le comptoir de la réception, pendant qu'elle lui parlait, en souriant. Elle aurait pu être une femme d'affaires en voyage, parmi tant d'autres, et moi, une de ces ombres que l'on croise lors d'un bref séjour dans une ville étrangère.

Il n'avait pas besoin de savoir que j'avais fait l'amour avec sa femme et que c'était comme lorsque l'on finit par rattraper quelque chose de perdu. Mais Sonja n'était en réalité que le nom d'un péché par omission de ma part, qui n'avait en fait rien à voir avec elle. Je ne sais pas et, au bout d'un moment, il ne reste finalement que le nom. J'ai regardé la main de Jacob qui couvrait le ventre de Sonja. Si elle n'avait pas disparu autrefois, nous aurions peut-être formé un couple, nous aurions peut-être eu un enfant. Qui sait ?

J'ai rangé le cadre dans le sac de Sonja, j'ai pris un bain, je me suis habillé et je me suis assis, pour contempler la vue. Je n'avais envie d'aller nulle part. J'ai essayé de m'imaginer Sonja dans le salon d'Elfriede Keller, seule dans le canapé face à la femme frêle qui avait vécu la moitié de sa vie sans Max Keller. Je voyais bien les deux femmes, mais l'image était muette. Qu'y aurait-il pu avoir à dire qui n'avait pas déjà été dit ?

Pour finir, je suis quand même sorti me promener. J'ai suivi une voie réservée aux voitures qui bordait le fleuve dans l'espoir de trouver un passage qui me permettrait de gagner la rive, mais j'ai abandonné. À la place, j'ai zigzagué dans les ombres au pied des grands immeubles de bureaux qui formaient la ligne d'horizon américanisée de la ville. J'ai pensé à Sonja, à son corps, à la manière abrupte et passionnée dont elle se donnait, comme si sa passion était davantage une langue qu'un sentiment. Sa façon d'être quand il s'agissait de sexe. Il n'y avait aucune transition, aucun lien entre son ardeur physique et sa retenue distraite quand elle était habillée.

Au fil des ans, je n'avais pu m'empêcher de me demander ce qu'elle était devenue. Si je ne l'avais jamais revue, la question serait restée innocente et tranquille comme ces choses qui s'entassent au grenier, pêle-mêle, parce que l'on ne trouve jamais le courage de s'en débarrasser. Et parce que je l'avais revue, ma vieille question s'était transformée en une autre qui portait non pas sur autrefois, mais sur maintenant.

J'ai pensé à Jacob, cet inconnu qui serrait Sonja dans ses bras sous les fleurs d'un arbre fruitier. J'ai pensé à ce samedi où je les avais suivis jusqu'à la pépinière, avant de m'asseoir seul, dans le jardin, même s'il faisait trop froid. J'ai pensé à la femme qui s'était approchée de moi avec un sourire auquel j'avais répondu à grand-peine.

En rentrant à l'hôtel, j'ai ouvert la porte de sa chambre et j'ai entendu l'eau ruisseler dans la cabine de douche. La salle de bains était noyée dans la buée. Elle n'a pas répondu quand je l'ai appelée. J'ai écarté la porte à glissière. Elle était recroquevillée sur les carreaux, la tête penchée sous le jet chaud, les bras serrés autour des genoux. Elle tremblait malgré l'eau si chaude qu'elle devait avoir mal.

J'ai fermé le robinet et je lui ai tendu une serviette. Elle a lentement relevé la tête et m'a regardé, l'air perdue. Je lui ai demandé ce qui s'était passé. À ce moment, j'ai remarqué la violente ecchymose sur son bras. Ses épaules ont commencé à trembler de manière incontrôlée, comme si elle avait une crampe.

Je suis entré dans la cabine de douche et je l'ai aidée à se relever. Elle ne tenait pas sur ses jambes, j'ai été obligé de la porter jusqu'au lit. Je l'ai recouverte avec la couette et je suis allé chercher une serviette. Elle m'a laissé lui essuyer les cheveux, alors qu'elle restait assise contre la tête du lit. Elle regardait par la fenêtre, comme si elle était seule. J'ai enlevé mes chaussures et je me suis assis à côté d'elle, un bras sur ses épaules. Elle s'est légèrement penchée en avant pour faire de la place à mon bras, mais sinon, elle donnait l'impression que je n'étais pas là.

J'ai regardé le paysage derrière ses cheveux en bataille. Nous sommes restés sans dire un mot à contempler le ciel virer du rose au violet, puis au bleu foncé derrière les immeubles éclairés. Nous avons entendu les mêmes bruits fugaces, une alarme de voiture qui résonnait entre les murs, l'ascenseur qui se mettait en marche à intervalles irréguliers, des voix dans le couloir. Je n'ai pas allumé la lampe. Même si je ne voyais pas son visage, je savais qu'elle était éveillée. Quand la nuit est tombée, Sonja s'est mise à parler, brusquement.

En route, elle avait réfléchi à la manière dont elle allait expliquer pourquoi elle revenait. Elle avait la tête vide, cependant elle avait continué, certaine que les mots nécessaires lui viendraient à l'esprit quand elle en aurait besoin. Elle s'était garée devant la maison et avait sonné à la porte. Mais elle n'avait jamais eu besoin de ces paroles qu'elle n'avait pu répéter, car ce n'était pas Elfriede Keller qui avait fini par ouvrir.

Sur le coup, elle ne l'avait pas reconnu, peut-être parce qu'il était en peignoir, avec ses cheveux mouillés collés sur le crâne. Elle lui avait demandé si sa mère était à la maison. Il l'avait observée un moment, s'était écarté de la porte et l'avait précédée à la cuisine. Il l'avait invitée à s'asseoir à une table recouverte d'une toile cirée. Le petit déjeuner n'était pas encore débarrassé. Il lui avait proposé un café. Elle avait répondu oui et il en avait servi deux tasses avant de s'asseoir en face d'elle.

La cuisine exiguë et sombre le rendait encore plus gros et pâle, là, en face d'elle, penché sur sa tasse de café. Son peignoir était ouvert jusqu'à la ceinture, et elle évitait de regarder son ventre bedonnant et mou. Il avait pris un cure-dent d'une petite boîte sur la table et s'était mis à se curer les dents en écartant la lèvre supérieure sur le côté. Il ne l'avait pas lâchée des yeux, et elle n'avait pas osé faire autre chose que soutenir ce regard qui la jaugeait.

Où était passé son mari ? Pourquoi n'était-il pas là aujourd'hui ? Elle avait répondu qu'elle avait préféré venir seule. Il avait eu un sourire mielleux, puis ce sourire s'était évanoui de ses traits. Il lui avait demandé ce qu'elle faisait ici, pourquoi elle était venue. Elle avait dit qu'elle pouvait revenir à un moment où sa mère serait à la maison. Elle pouvait lui parler à la place, ça revenait au même. Ils étaient la même chair, le même sang. Il avait haussé la voix. Sa mère avait déjà assez souffert comme ça. Qu'est-ce qu'elle cherchait ? Qu'est-ce qu'elle voulait avec cette histoire ? Pourquoi n'était-elle pas allée à la police ? Elle devait bien avoir conscience que lui et sa mère pouvaient s'adresser à la police.

Il était resté un moment à la dévisager, tout en mordant son cure-dent. Il ne comprenait pas, avait-il ajouté d'un ton plus doux, presque obséquieux. Elle était une belle femme, et elle avait dû être belle quand elle était jeune. Pourquoi s'était-elle acoquinée avec ces salauds de rouges ? Avec des terroristes et des assassins ? Il avait pris les deux tasses et s'était levé, sans doute pour les remplir avec la cafetière électrique.

Il s'était retourné brusquement et penché sur elle. Alors comme ça, elle n'avait pas su ce qui s'était passé ce jour-là ? Elle n'avait pas su qu'elle se faisait sauter par un meurtrier ? Sonja avait levé les yeux du ventre blanc dans le peignoir vers le visage grimaçant. Elle avait seulement été leur chauffeur ? Et maintenant, elle arrivait comme ça en voulant se faire pardonner ? Il lui avait violemment serré le bras et, soudain, c'était sa propre peur qu'elle avait vue dans ses yeux.

« On prend la voiture, et on roule, ai-je dit.
— Où ça ?
— Peu importe. Vers le Sud.
— Et ensuite, quand on sera dans le Sud ?
— On verra. »

Elle s'était endormie dans mes bras. J'étais resté sans bouger jusqu'à ce que je sois sûr qu'elle dorme. Quand je me suis réveillé, elle me dévisageait dans la lumière grise du matin. Elle a réfléchi un moment à ma proposition, elle s'est levée et s'est mise à faire son sac. La justice était peut-être devenue trop abstraite dans la salle d'audience sans fenêtres mais, bien entendu, il y avait surtout la perspective de revoir Helmut Keller et sa mère. Une demi-heure plus tard, nous étions dans la voiture de Sonja, sur l'autoroute.

C'était un matin froid et clair, et la lumière vive du soleil faisait tout apparaître sous un jour neuf, comme s'il s'agissait d'un recommencement inattendu. Elle s'est tassée dans son siège, de temps en temps, elle fermait les yeux. La circulation était fluide, je conduisais vite. J'ai oublié le temps tandis que le soleil montait dans le ciel. Nous n'avons quasiment rien dit, et j'avais presque peur de parler. C'était la deuxième fois qu'elle fuyait cette histoire, mais elle n'avait pas disparu de ma vue comme autrefois, elle était à mes côtés, nous fuyions ensemble. Quand elle était montée dans la voiture, elle avait sorti son téléphone portable de son sac et l'avait éteint.

Nous avons pris le petit déjeuner sur une aire de repos et nous avons roulé plusieurs heures. Dans l'après-midi, nous sommes sortis de l'autoroute pour trouver un endroit où nous dégourdir les jambes. Nous nous sommes garés sur une départementale, le long d'une colline boisée et nous avons emprunté un chemin entre des pins élancés où le soleil ne nous parvenait que sous forme d'éventails de lumière diffuse. Elle me tenait la main tandis que nous avancions sur les aiguilles fanées. Nous parlions de nos vies comme si nous venions juste de nous rencontrer, de la manière dont on parle quand on a l'impression de prendre congé de tout, pour que tout puisse repartir de zéro.

Dans la soirée, nous sommes arrivés au lac de Constance. Nous avons trouvé un petit hôtel avec vue sur le lac. Il faisait trop sombre pour le voir, mais il suffisait de savoir qu'il était là. Le lendemain, nous allions continuer en Suisse. Pendant qu'elle prenait un bain, je suis resté allongé à regarder les lumières apparaître le long de la rive, sous le store de la fenêtre ouverte. Quand elle est entrée dans la chambre avec une serviette nouée autour de sa poitrine et une autre dans ses cheveux, comme un turban, il y a eu un instant où ses gestes évidents ont donné l'impression que nous vivions ensemble.

Nous avions roulé toute la journée sans parler de ce qui s'était passé. Nous n'avions pas non plus évoqué Thorwald, Angela, ni la raison de notre présence en Allemagne. Je me suis dit que Jacob avait peut-être essayé de la joindre. Un message doux et inquiet l'attendait peut-être sur son répondeur. Dans la faible lueur du ciel nocturne, je percevais juste qu'elle était étendue les yeux ouverts. J'ai tendu la main et j'ai doucement caressé la peau fine à l'intérieur de son bras. Elle m'a laissé faire, mais n'a pas réagi.

Elle était partie quand je me suis réveillé. J'avais dormi longtemps, épuisé par le long trajet en voiture. Le réceptionniste m'a donné une enveloppe avec le nom de l'hôtel. Elle contenait une carte postale, avec quelques mots écrits au dos d'une photo en couleurs de la vue sur le lac de Constance : « Suis repartie chez moi. Pardon. Fais bien attention à toi. S. »

La vue de la carte postale était la même que de la table près de la fenêtre du restaurant de l'hôtel où je me suis installé pendant une demi-heure. Ensuite, j'ai demandé au réceptionniste de me commander un taxi qui pouvait me conduire à la gare. Dans le train, j'ai essayé de deviner quelle distance elle avait réussi à parcourir. Une femme seule, au volant, en train de rouler sur l'autoroute, vers le Nord.

DU MÊME AUTEUR

Aux Éditions Gallimard

SILENCE EN OCTOBRE, 1999.

BRUITS DU CŒUR, 2002 (Folio n° 3979).

VIRGINIA, 2004 (Folio n° 4432).

SOUS UN AUTRE JOUR, 2005 (Folio n° 4495).

PIAZZA BUCAREST, 2007, prix Jean Monnet de Littérature européenne (Folio n° 4797).

LES MAINS ROUGES, 2009 (Folio n° 5208).

QUATRE JOURS EN MARS, 2011.

Aux Éditions Le Serpent à Plumes

ÉTÉ INDIEN, 1996.

COLLECTION FOLIO

Dernières parutions

4783. Lao She	*Le nouvel inspecteur* suivi de *Le croissant de lune.*
4784. Guy de Maupassant	*Apparition et autres contes de l'étrange.*
4785. D. A. F. de Sade	*Eugénie de Franval.*
4786. Patrick Amine	*Petit éloge de la colère.*
4787. Élisabeth Barillé	*Petit éloge du sensible.*
4788. Didier Daeninckx	*Petit éloge des faits divers.*
4789. Nathalie Kuperman	*Petit éloge de la haine.*
4790. Marcel Proust	*La fin de la jalousie.*
4791. Friedrich Nietzsche	*Lettres choisies.*
4792. Alexandre Dumas	*La Dame de Monsoreau.*
4793. Julian Barnes	*Arthur & George.*
4794. François Bégaudeau	*Jouer juste.*
4795. Olivier Bleys	*Semper Augustus.*
4796. Éric Fottorino	*Baisers de cinéma.*
4797. Jens Christian Grøndahl	*Piazza Bucarest.*
4798. Orhan Pamuk	*Istanbul.*
4799. J.-B. Pontalis	*Elles.*
4800. Jean Rolin	*L'explosion de la durite.*
4801. Willy Ronis	*Ce jour-là.*
4802. Ludovic Roubaudi	*Les chiens écrasés.*
4803. Gilbert Sinoué	*Le colonel et l'enfant-roi.*
4804. Philippe Sollers	*L'évangile de Nietzsche.*
4805. François Sureau	*L'obéissance.*
4806. Montesquieu	*Considérations sur les causes de la grandeur des Romains et de leur décadence.*
4807. Collectif	*Des nouvelles de McSweeney's.*
4808. J. G. Ballard	*Que notre règne arrive.*
4809. Erri De Luca	*Sur la trace de Nives.*
4810. René Frégni	*Maudit le jour.*
4811. François Gantheret	*Les corps perdus.*
4812. Nikos Kavvadias	*Le quart.*
4813. Claudio Magris	*À l'aveugle.*
4814. Ludmila Oulitskaïa	*Mensonges de femmes.*

4815. Arto Paasilinna	*Le bestial serviteur du pasteur Huuskonen.*
4816. Alix de Saint-André	*Il n'y a pas de grandes personnes.*
4817. Dai Sijie	*Par une nuit où la lune ne s'est pas levée.*
4818. Antonio Tabucchi	*Piazza d'Italia.*
4819. Collectif	*Les guerres puniques.*
4820. Patrick Declerck	*Garanti sans moraline.*
4821. Isabelle Jarry	*Millefeuille de onze ans.*
4822. Joseph Kessel	*Ami, entends-tu...*
4823. Clara Sánchez	*Un million de lumières.*
4824. Denis Tillinac	*Je nous revois...*
4825. George Sand	*Elle et Lui.*
4826. Nina Bouraoui	*Avant les hommes.*
4827. John Cheever	*Les lumières de Bullet Park.*
4828. Didier Daeninckx	*La mort en dédicace.*
4829. Philippe Forest	*Le nouvel amour.*
4830. André Gorz	*Lettre à D.*
4831. Shirley Hazzard	*Le passage de Vénus.*
4832. Vénus Khoury-Ghata	*Sept pierres pour la femme adultère.*
4833. Danielle Mitterrand	*Le livre de ma mémoire.*
4834. Patrick Modiano	*Dans le café de la jeunesse perdue.*
4835. Marisha Pessl	*La physique des catastrophes.*
4837. Joy Sorman	*Du bruit.*
4838. Brina Svit	*Coco Dias ou La Porte Dorée.*
4839. Julian Barnes	*À jamais* et autres nouvelles.
4840. John Cheever	*Une Américaine instruite* suivi d'*Adieu, mon frère.*
4841. Collectif	*«Que je vous aime, que je t'aime !»*
4842. André Gide	*Souvenirs de la cour d'assises.*
4843. Jean Giono	*Notes sur l'affaire Dominici.*
4844. Jean de La Fontaine	*Comment l'esprit vient aux filles.*
4845. Yukio Mishima	*Papillon* suivi de *La lionne.*
4846. John Steinbeck	*Le meurtre* et autres nouvelles.
4847. Anton Tchékhov	*Un royaume de femmes* suivi de *De l'amour.*
4848. Voltaire	*L'Affaire du chevalier de La*

4883. Benedetta Craveri — *Reines et favorites.*
4884. Erri De Luca — *Au nom de la mère.*
4885. Pierre Dubois — *Les contes de crimes.*
4886. Paula Fox — *Côte ouest.*
4887. Amir Gutfreund — *Les gens indispensables ne meurent jamais.*
4888. Pierre Guyotat — *Formation.*
4889. Marie-Dominique Lelièvre — *Sagan à toute allure.*
4890. Olivia Rosenthal — *On n'est pas là pour disparaître.*
4891. Laurence Schifano — *Visconti.*
4892. Daniel Pennac — *Chagrin d'école.*
4893. Michel de Montaigne — *Essais I.*
4894. Michel de Montaigne — *Essais II.*
4895. Michel de Montaigne — *Essais III.*
4896. Paul Morand — *L'allure de Chanel.*
4897. Pierre Assouline — *Le portrait.*
4898. Nicolas Bouvier — *Le vide et le plein.*
4899. Patrick Chamoiseau — *Un dimanche au cachot.*
4900. David Fauquemberg — *Nullarbor.*
4901. Olivier Germain-Thomas — *Le Bénarès-Kyôto.*
4902. Dominique Mainard — *Je voudrais tant que tu te souviennes.*
4903. Dan O'Brien — *Les bisons de Broken Heart.*
4904. Grégoire Polet — *Leurs vies éclatantes.*
4905. Jean-Christophe Rufin — *Un léopard sur le garrot.*
4906. Gilbert Sinoué — *La Dame à la lampe.*
4907. Nathacha Appanah — *La noce d'Anna.*
4908. Joyce Carol Oates — *Sexy.*
4909. Nicolas Fargues — *Beau rôle.*
4910. Jane Austen — *Le Cœur et la Raison.*
4911. Karen Blixen — *Saison à Copenhague.*
4912. Julio Cortázar — *La porte condamnée* et autres nouvelles fantastiques.
4913. Mircea Eliade — *Incognito à Buchenwald...* précédé d'*Adieu !...*
4914. Romain Gary — *Les trésors de la mer Rouge.*
4915. Aldous Huxley — *Le jeune Archimède* précédé de *Les Claxton.*
4916. Régis Jauffret — *Ce que c'est que l'amour* et autres microfictions.
4917. Joseph Kessel — *Une balle perdue.*

4918. Lie-tseu — *Sur le destin* et autres textes.
4919. Junichirô Tanizaki — *Le pont flottant des songes.*
4920. Oscar Wilde — *Le portrait de Mr. W.H.*
4921. Vassilis Alexakis — *Ap. J.-C.*
4922. Alessandro Baricco — *Cette histoire-là.*
4923. Tahar Ben Jelloun — *Sur ma mère.*
4924. Antoni Casas Ros — *Le théorème d'Almodóvar.*
4925. Guy Goffette — *L'autre Verlaine.*
4926. Céline Minard — *Le dernier monde.*
4927. Kate O'Riordan — *Le garçon dans la lune.*
4928. Yves Pagès — *Le soi-disant.*
4929. Judith Perrignon — *C'était mon frère...*
4930. Danièle Sallenave — *Castor de guerre*
4931. Kazuo Ishiguro — *La lumière pâle sur les collines.*
4932. Lian Hearn — *Le Fil du destin. Le Clan des Otori.*
4933. Martin Amis — *London Fields.*
4934. Jules Verne — *Le Tour du monde en quatre-vingts jours.*
4935. Harry Crews — *Des mules et des hommes.*
4936. René Belletto — *Créature.*
4937. Benoît Duteurtre — *Les malentendus.*
4938. Patrick Lapeyre — *Ludo et compagnie.*
4939. Muriel Barbery — *L'élégance du hérisson.*
4940. Melvin Burgess — *Junk.*
4941. Vincent Delecroix — *Ce qui est perdu.*
4942. Philippe Delerm — *Maintenant, foutez-moi la paix !*
4943. Alain-Fournier — *Le grand Meaulnes.*
4944. Jerôme Garcin — *Son excellence, monsieur mon ami.*
4945. Marie-Hélène Lafon — *Les derniers Indiens.*
4946. Claire Messud — *Les enfants de l'empereur*
4947. Amos Oz — *Vie et mort en quatre rimes*
4948. Daniel Rondeau — *Carthage*
4949. Salman Rushdie — *Le dernier soupir du Maure*
4950. Boualem Sansal — *Le village de l'Allemand*
4951. Lee Seung-U — *La vie rêvée des plantes*
4952. Alexandre Dumas — *La Reine Margot*
4953. Eva Almassy — *Petit éloge des petites filles*
4954. Franz Bartelt — *Petit éloge de la vie de tous les jours*
4955. Roger Caillois — *Noé* et autres textes

4956.	Casanova	*Madame F.* suivi d'*Henriette*
4957.	Henry James	*De Grey, histoire romantique*
4958.	Patrick Kéchichian	*Petit éloge du catholicisme*
4959.	Michel Lermontov	*La Princesse Ligovskoï*
4960.	Pierre Péju	*L'idiot de Shangai* et autres nouvelles
4961.	Brina Svit	*Petit éloge de la rupture*
4962.	John Updike	*Publicité*
4963.	Noëlle Revaz	*Rapport aux bêtes*
4964.	Dominique Barbéris	*Quelque chose à cacher*
4965.	Tonino Benacquista	*Malavita encore*
4966.	John Cheever	*Falconer*
4967.	Gérard de Cortanze	*Cyclone*
4968.	Régis Debray	*Un candide en Terre sainte*
4969.	Penelope Fitzgerald	*Début de printemps*
4970.	René Frégni	*Tu tomberas avec la nuit*
4971.	Régis Jauffret	*Stricte intimité*
4972.	Alona Kimhi	*Moi, Anastasia*
4973.	Richard Millet	*L'Orient désert*
4974.	José Luís Peixoto	*Le cimetière de pianos*
4975.	Michel Quint	*Une ombre, sans doute*
4976.	Fédor Dostoïevski	*Le Songe d'un homme ridicule* et autres récits
4977.	Roberto Saviano	*Gomorra*
4978.	Chuck Palahniuk	*Le Festival de la couille*
4979.	Martin Amis	*La Maison des Rencontres*
4980.	Antoine Bello	*Les funambules*
4981.	Maryse Condé	*Les belles ténébreuses*
4982.	Didier Daeninckx	*Camarades de classe*
4983.	Patrick Declerck	*Socrate dans la nuit*
4984.	André Gide	*Retour de l'U.R.S.S.*
4985.	Franz-Olivier Giesbert	*Le huitième prophète*
4986.	Kazuo Ishiguro	*Quand nous étions orphelins*
4987.	Pierre Magnan	*Chronique d'un château hanté*
4988.	Arto Paasilinna	*Le cantique de l'apocalypse joyeuse*
4989.	H.M. van den Brink	*Sur l'eau*
4990.	George Eliot	*Daniel Deronda, 1*
4991.	George Eliot	*Daniel Deronda, 2*
4992.	Jean Giono	*J'ai ce que j'ai donné*
4993.	Édouard Levé	*Suicide*
4994.	Pascale Roze	*Itsik*
4995.	Philippe Sollers	*Guerres secrètes*

4996. Vladimir Nabokov	*L'exploit*
4997. Salim Bachi	*Le silence de Mahomet*
4998. Albert Camus	*La mort heureuse*
4999. John Cheever	*Déjeuner de famille*
5000. Annie Ernaux	*Les années*
5001. David Foenkinos	*Nos séparations*
5002. Tristan Garcia	*La meilleure part des hommes*
5003. Valentine Goby	*Qui touche à mon corps je le tue*
5004. Rawi Hage	*De Niro's Game*
5005. Pierre Jourde	*Le Tibet sans peine*
5006. Javier Marías	*Demain dans la bataille pense à moi*
5007. Ian McEwan	*Sur la plage de Chesil*
5008. Gisèle Pineau	*Morne Câpresse*
5009. Charles Dickens	*David Copperfield*
5010. Anonyme	*Le Petit-Fils d'Hercule*
5011. Marcel Aymé	*La bonne peinture*
5012. Mikhaïl Boulgakov	*J'ai tué*
5013. Arthur Conan Doyle	*L'interprète grec et autres aventures de Sherlock Holmes*
5014. Frank Conroy	*Le cas mystérieux de R.*
5015. Arthur Conan Doyle	*Une affaire d'identité et autres aventures de Sherlock Holmes*
5016. Cesare Pavese	*Histoire secrète*
5017. Graham Swift	*Le sérail*
5018. Rabindranath Tagore	*Aux bords du Gange*
5019. Émile Zola	*Pour une nuit d'amour*
5020. Pierric Bailly	*Polichinelle*
5022. Alma Brami	*Sans elle*
5023. Catherine Cusset	*Un brillant avenir*
5024. Didier Daeninckx	*Les figurants. Cités perdues*
5025. Alicia Drake	*Beautiful People. Saint Laurent, Lagerfeld : splendeurs et misères de la mode*
5026. Sylvie Germain	*Les Personnages*
5027. Denis Podalydès	*Voix off*
5028. Manuel Rivas	*L'Éclat dans l'Abîme*
5029. Salman Rushdie	*Les enfants de minuit*
5030. Salman Rushdie	*L'Enchanteresse de Florence*
5031. Bernhard Schlink	*Le week-end*
5032. Collectif	*Écrivains fin-de-siècle*
5033. Dermot Bolger	*Toute la famille sur la jetée du Paradis*

5034. Nina Bouraoui	*Appelez-moi par mon prénom*
5035. Yasmine Char	*La main de Dieu*
5036. Jean-Baptiste Del Amo	*Une éducation libertine*
5037. Benoît Duteurtre	*Les pieds dans l'eau*
5038. Paula Fox	*Parure d'emprunt*
5039. Kazuo Ishiguro	*L'inconsolé*
5040. Kazuo Ishiguro	*Les vestiges du jour*
5041. Alain Jaubert	*Une nuit à Pompéi*
5042. Marie Nimier	*Les inséparables*
5043. Atiq Rahimi	*Syngué sabour. Pierre de patience*
5044. Atiq Rahimi	*Terre et cendres*
5045. Lewis Carroll	*La chasse au Snark*
5046. Joseph Conrad	*La Ligne d'ombre*
5047. Martin Amis	*La flèche du temps*
5048. Stéphane Audeguy	*Nous autres*
5049. Roberto Bolaño	*Les détectives sauvages*
5050. Jonathan Coe	*La pluie, avant qu'elle tombe*
5051. Gérard de Cortanze	*Les vice-rois*
5052. Maylis de Kerangal	*Corniche Kennedy*
5053. J.M.G. Le Clézio	*Ritournelle de la faim*
5054. Dominique Mainard	*Pour Vous*
5055. Morten Ramsland	*Tête de chien*
5056. Jean Rouaud	*La femme promise*
5057. Philippe Le Guillou	*Stèles à de Gaulle* suivi de *Je regarde passer les chimères*
5058. Sempé-Goscinny	*Les bêtises du Petit Nicolas. Histoires inédites - 1*
5059. Érasme	*Éloge de la Folie*
5060. Anonyme	*L'œil du serpent. Contes folkloriques japonais*
5061. Federico García Lorca	*Romancero gitan*
5062. Ray Bradbury	*Le meilleur des mondes possibles* et autres nouvelles
5063. Honoré de Balzac	*La Fausse Maîtresse*
5064. Madame Roland	*Enfance*
5065. Jean-Jacques Rousseau	*« En méditant sur les dispositions de mon âme… »*
5066. Comtesse de Ségur	*Ourson*
5067. Marguerite de Valois	*Mémoires*
5068. Madame de Villeneuve	*La Belle et la Bête*
5069. Louise de Vilmorin	*Sainte-Unefois*
5070. Julian Barnes	*Rien à craindre*
5071. Rick Bass	*Winter*

Composition CMB Graphic
Impresion Novoprint
à Barcelone, le 15 février 2011
Dépôt légal : février 2011
ISBN 978-2-07-044047-4./Imprimé en Espagne.

178825